文庫

服従のくちづけ

伊郷ルウ

イースト・プレス

contents

第一章

いまにも泣き出しそうなどんよりと曇った空、湿《しめ》り気を含んだ空気、聞こえてくる啜《すす》り泣く声――ヴァンガルデ伯爵家の葬儀が行われている無数の十字架が並ぶ墓地は、深い悲しみに包まれていた。

死者を見送る遺族や多くの参列者が佇む中、白い祭服に身を包んだ司祭が捧げる祈りが響いている。

参列者のひとりであるアイザック・ブライアン・ギャロウェイ子爵は、トップハット、フロックコート、手袋と、すべてを黒でまとめていた。

一年前に父親が重篤《じゅうとく》な病で他界したことにより、昨年、二十四歳ながらも子爵となったアイザックは、ギャロウェイ子爵家の当主として葬儀に参列している。

「アーメン……」

司祭によって死者を神のもとに送る祈りが捧げられ、参列者が口々に祈る声が聞こえてくる中、棺《ひつぎ》が深く掘られた地中へと次々に下ろされていく。

まさにいま葬られようとしているのは、ヴァンガルデ伯爵家の当主、夫人、さらには跡継ぎであった息子だ。同じ馬車に乗っていた彼らは不慮の事故に遭い、三人とも天国へと召されていった。

（ルーシア……）

立ち並ぶ多くの参列者たちに混じっているアイザックは、土に埋もれていく棺を前に肩を震わせているルーシア・エリン・ヴァンガルデだけを一心に見つめている。

ヴァンガルデ伯爵家には娘が二人おり、屋敷に残っていた長女のルーシアと、病弱のためずっと療養所に身を寄せている妹は難を逃れることができた。

けれど、愛する両親と兄を一度に失ってしまったルーシアにとって、妹と二人きりになってしまったことが、不幸中の幸いであるわけがない。

もの悲しげな黒いドレスに身を包み、長いレースがあしらわれた小さな黒の帽子を被っている彼女は、こちらに背を向けているから顔を見ることができない。

それでも、いまにもその場に頽《くずお》れてしまいそうな弱々しい後ろ姿を見ていれば、血の気が失せた顔や、泣き暮れて目が真っ赤になっているのが容易に想像できる。

アイザックは、彼女と面識があった。出会いは王宮で行われた盛大な舞踏会だ。まだアイザックの父親が健在のころで、二年ほど前のことになる。たった一度の出会いであったけれど、あの夜の出来事は鮮明に記憶に残っていた。

＊＊＊＊＊

絢爛豪華《けんらんごうか》な王宮の大ホールは、煌《きら》びやかなドレスで着飾った淑女たちと、テールコートに身を包んだ紳士たちで溢れかえっていた。

ホールの中央では、王立楽団に所属する楽師たちの演奏するワルツの調べに乗って、さまざまな年齢のカップルがダンスに興じている。

子爵家の長男であるアイザックは未来の子爵夫人を探すべく、ダンスの輪から外れた場所で若い女性たちに目を凝らしていた。

「なんて素敵なんだ……」

思わず息を呑《の》み、さらに目を凝らす。

会場には数え切れないほどの令嬢がいるというのに、まるで吸い寄せられたかのようにひとりの女性に目を惹《ひ》きつけられたのだ。

髪は艶やかなブロンドで、ほっそりした身体に純白のドレスを纏《まと》っている。深いデコルテにはたっぷりのレースがあしらわれていて、ことさら細く絞った腰から広がるスカートには、柔らかそうなレースが何枚も重ねられていた。

踊っている彼女がステップを踏むたびに、ターンをするたびに、大きく膨らんだスカートが軽やかに波打つ。

パートナーに向ける笑顔は少し緊張してるいように感じられるが、ワルツの調べに乗せたステップには迷いがない。ダンスがかなり得意のようだ。

――天使が舞い降りてきたみたいに、あそこだけ輝いている。

大袈裟《おおげさ》かもしれないが、アイザックは本当にそう思った。

彼女の一挙一動に目を、そして、心を奪われ、心臓が早鐘を打ち始める。

光に包まれているかのように輝いている彼女を、その場から食い入るように見つめた。

これまで舞踏会には数え切れないほど出席してきたが、こうした感覚を体験したことはない。

純白のドレスを纏ったブロンドの女性などたくさん見てきたというのに、なぜか彼女から目が離せなくなっていた。

「レディ、一曲、お相手を願えますか？」

ダンスを終えたばかりの彼女に、迷うことなく歩み寄っていったアイザックは、にこやかに、そして恭《うやうや》しく頭を下げた。

休む間もない誘いにひどく驚いたのか、彼女が目を丸くして見返してくる。愛らしい大きな瞳は淡い紫色をしていた。その純粋そうな瞳に、またしても目を奪われる。

ふんわりと結い上げているブロンドが、ちょっとした動きに煌めく。細い首を飾るチョーカーと耳飾りには、瞳と同じ色をした宝石があしらわれ、白く滑らかな肌を引き立てていた。

「お誘いいただけて光栄ですわ。でも私、踊ってばかりで疲れてしまったので、お話だけでもよろしくて？」

はにかんだ顔で彼女から見上げられ、にわかに胸がときめく。

慣れていないような大人びた口調が、いじらしく感じられる。それに、こんな可愛い顔で見つめられたら、男は誰しも心を射貫《いぬ》かれてしまうだろう。

一瞬にして恋に落ちた。こんなことがあるのだろうかと、己のことながら驚く。相手をよく知らずに恋することなどあり得ないと思っていただけに、なおさら胸の内にわき上がってきた熱い思いに戸惑いを覚えた。

「僕はギャロウェイ子爵家の長子、アイザックです。よろしければ、ご一緒に飲み物などいかがですか？」

笑みを絶やすことなく、改めて誘いの言葉を向けると、大きく目を瞠《みは》ってこちらを見ていた彼女が嬉しそうに顔を綻《ほころ》ばせる。

その表情に、この笑顔を独り占めしたい——他の男に奪われてしまう前に、彼女を手に入れなければと、そんな焦りすら感じ始めた。

「ええ、ご一緒させていただきますわ」

「では」

軽く曲げたアイザックの肘に、彼女が躊躇《ためら》いがちに手を添えてきた。

腕を取ってきた彼女を、飲み物や軽食が用意されている別室へと誘っていく。

かつてないほど胸が高鳴り、並んで歩いているだけで喜びが満ち溢れてくる。幾度となくこうして女性を誘ってきたけれど、こんな気分を味わうのは初めてだ。

「レディ、お名前を伺ってもよろしいですか？」

「ヴァンガルデ伯爵家のルーシアです」

彼女が伯爵令嬢とわかり、アイザックは少し不安を覚えた。

ヴァンガルデ伯爵家は社交界でも名の知れた由緒ある家系だ。子爵家の長子であるアイザックは、いずれ父親から爵位を受け継ぐことになるが、同じ貴族であっても伯爵と子爵では格が違う。

おおかたの貴族の娘たちは、より位の高い相手との結婚を望んでいる。格下の男になど見向きもしないのだ。

だからこそ、こちらから先に名乗ったにもかかわらず、彼女が誘いを断ってこなかったのが嬉しい。

「素敵な名前ですね、レディ・ルーシア」

真っ直ぐに見つめ返すと、恥じらったように彼女が長い睫《まつげ》を伏せた。そればかりか、白かった頬や耳がほんのりと赤く染まっている。

「とても響きがいい」

「あの……嬉しいです。名前を褒められたのは初めてで……」

おずおずと顔を上げてきたルーシアは、こちらと目が合うと恥じらいに頬を染めたまま睫を瞬《しばたた》かせた。

目元には幼さが残っている。ぷっくりとした唇も初々《ういうい》しい。十六、七歳といったところだろうか。社交界にデビューして、まだ間もないのかもしれない。

気位の高い令嬢たちは、こんなふうに恥じらったりしないものだ。瞳は本人の心を映し出すという。純粋な瞳を持つ彼女は、心も清らかに違いない。

出会ったばかりでいくらも言葉を交わしていないというのに、アイザックはすぐにでも求婚したくなっていた。

とはいえ、そんなことをすれば、さすがに彼女も呆れてしまうだろう。馴れ馴れしくしただけでも嫌われ兼ねないのだから、印象を悪くするようなことはできるだけ避けたい。

少しずつ距離を縮めていくしかなさそうだなと、そんなことを考えつつ賑やかなホールから、床に二色の大理石で市松《いちまつ》模様を描いた別室へと入っていく。

すべての柱は黄金色に輝き、高い天井に吊されたシャンデリアは眩《まばゆ》い光を放っている。

豪華な額縁に入った絵画が飾られている壁側に、純白のクロスがかけられた大きな丸いテーブルが幾つも並べられていた。

それぞれのテーブルには、何種類もの飲み物や彩り豊かな軽食が用意されていて、黒い制服を身につけた給仕係が甲斐甲斐しく世話をしてくれている。

ホール同様に大勢の人で賑わう中、空いている椅子を見つけたアイザックは、腕を取って歩くルーシアをそちらへと導いていく。

「どうぞ」

「ありがとう」

にこやかに礼を言った彼女が勧められるまま腰かけると、柔らかなレースを重ねた長いドレスの裾が優雅に波打った。

「飲み物を取ってきましょう」

「レモネードをお願いします」

にっこりと見上げてきたルーシアに軽くうなずき返し、アイザックはすぐさま壁際に置かれたテーブルに向かう。

彼女から笑顔を向けられるたびに、鼓動が跳ね上がる。二十三歳にもなってこんな少年のようなときめきを覚えるなど信じられなかった。

ルーシアはこちらをどう思っているのだろうか。これまで誰かに恋したことがあるのだろうか。すっかり頭の中が彼女で占められてしまっている。

「レモネードと紅茶を」

テーブルの脇に立っている給仕係に声をかけると、レモネードを満たしたグラスと薫り高い紅茶を注いだティーカップをソーサーに載せて渡してくれた。

レモネードと紅茶を手に向き直ると、心配そうにこちらを見ているルーシアと目が合う。

ひとり残されてしまい、不安を覚えたのかもしれない。膝の上に置いている小さな扇《おうぎ》を両手で握り締め、肩を窄《すぼ》めている彼女が愛おしくてならず、急ぎ足で戻っていった。

「レディ・ルーシア、お待たせして申し訳ありません」

並んで置かれている椅子に腰掛け、彼女にレモネードのグラスを差し出す。

「ありがとうございます」

扇を膝に載せたまま、白い手袋を嵌《は》めた手でグラスを受け取った彼女が、さっそく口元に運んでいく。

アイザックは浅く椅子に腰掛けて足を組み、カップが載ったソーサーを持つ手を静かに膝に置いた。

彼女がレモネードを飲むたびに、白い喉元が上下に動く。無心に飲んでいる表情が可愛らしく、紅茶を飲むのも忘れて彼女を見つめた。

「ふぅ……」

グラスを膝に下ろすと同時にため息をついたルーシアが、慌てたように片手を口に持っていく。

「ごめんなさい、私ったら……」

なぜ詫びたりしたのだろうかと思って見ていると、手元のグラスに視線を落とした彼女の頬が、見る間に赤くなっていった。どうやら、思わずため息をもらしてしまったことを恥じたようだ。

「長いあいだ踊っていたのだから、ため息のひとつも出ますよ」

「でも、男性の前でため息をつくなんて……」

ちらりとこちらを見てきたルーシアの頬が、ますます赤くなっていった。

こんなにも彼女が気にしているのは、伯爵家の娘として厳しい教育を受けてきたからだろう。

可愛らしくてたおやかなだけでなく、礼儀を欠いた行いをことさら恥じる彼女の生真面目さに、心が強く惹きつけられていく。

「僕は気にしませんし、誰にも言ったりしませんから、好きなだけくつろいでください」

少し口調を軽めにしてそう言ってみると、ルーシアが小さく笑った。

「アイザックさんは優しいのね」

わずかに動いた彼女の桜色の唇から、いっときも目が離せなくなる。

美しい紫色の瞳、可憐な声、愛らしい笑顔、柔らかそうな唇――それらのすべてに胸を深く射貫かれ、息苦しいほどの高揚感を覚えた。

「僕はレディ・ルーシアの虜ですから」

「えっ？」

思わず口を突いて出てしまった言葉に、彼女が驚きも露《あら》わな顔で見返してくる。

つい先ほどまでは、焦ったりしてはいけない、少しずつ彼女に歩み寄ろう、と考えていたのだが、気持ちは逸《はや》るばかりだ。

これ以上、彼女への思いを隠していることなどできそうにない。早すぎることは充分承知のうえで、正直な気持ちを彼女に伝えようと心に決めた。

「実は、あなたに一目惚れしてしまったんです」

「会ったばかりなのに？」

周りの目を気にしてこっそりと耳打ちすると、彼女がさらに大きく目を瞠って見返してきた。

さぞかし驚きだったのだろう。彼女がこちらを直視したまま、繰り返し長い睫を瞬かせる。その愛らしい表情に、つい頬が緩んでしまう。

「出会った瞬間に好きになることを、一目惚れって言うんだよ。でも、初めて会った男からこんなことを言われたら、あなたは迷惑に思うかな？」

ルーシアに少しでも近づきたい思いから、馴れ馴れしくならないよう注意を払い、これまでとは異なる口調を使ってみた。けれど、彼女は訝《いぶか》しがるでもなく小さく首を横に振ってくる。

「いいえ……そんなことはありません……私、とても嬉しく思っています」

そう言ったルーシアが、恥ずかしげに視線を落とす。

ようやく聞こえるほどの小さな声ではあったが、好意的な答えに胸が大きく弾んだ。

「ありがとう、そう言ってもらえると嬉しいよ」

満面の笑みで彼女を見つめる。

彼女に聞こえてしまうのではないだろうかと、そんな不安を感じてしまうくらい鼓動が速くなっている。

これまで、数々の女性と接してきた。女性を前に動揺したことなど一度もなく、いつでも堂々と振る舞える自負がある。

それなのに、ルーシアを見ていると勝手に心が躍ってしまい、胸の高鳴りを鎮《しず》めることすらできないでいた。

「なにか？」

アイザックの熱い視線を感じたのか、彼女がおずおずと上目遣いで見てくる。

大きな紫色の瞳に、わずかな不安が感じられた。

不躾《ぶしつけ》に見つめすぎたのかもしれない。我慢のきかない自分に、胸の内で少しばかり苦笑する。

「あなたの瞳は本当に美しい色をしているね、吸い込まれてしまいそうになる」

「あの……」

彼女が困惑げに見返してきた。

「どうしたんだい？」

「私……男性とあまりお話をしたことがないから、こんなときどんなふうに答えればいいのかわからなくて……」

「この舞踏会で社交界にデビューしたのかな？」

「そうではないのだけれど……」

ルーシアが恥ずかしそうに俯いて首を横に振る。

そうした彼女の些細な仕草にすら心惹かれた。控えめなところも好ましく、彼女に対する思いをアイザックはますます募らせていく。

「あなたは、とても恥ずかしがり屋さんなんだね」

「両親からはもっと積極的になりなさいとよく言われます。でも、知らない殿方と二人きりでいるとひどく恥ずかしくて、いつも上手にお話ができないんです」

小さく笑って肩をすくめた彼女が、手にしているグラスをゆっくり口元に運んでいく。

「僕とは大丈夫みたいだけど？」

アイザックが軽く首を傾げると、レモネードを啜っていたルーシアがパッと目を瞠り、不思議そうにこちらを見つめてきた。

「本当だわ、どうしてかしら？」

「僕とあなたはとても相性がよさそうだ」

「相性？」

ルーシアが理解し難い顔つきで、小首を傾げてくる。

「そう、お互いに惹かれ合うものがあるのかもしれないね」

丸め込むつもりなど毛頭なく、本気でそう感じたのだ。

ルーシアとは出会うべくして、出会ったに違いない。彼女はこれまで男性と上手く会話ができなかったと言ったけれど、自分とは恥じらいながらも普通に言葉を交わしている。

自分では気づいていないだけで、彼女もこちらに惹かれてくれているのだろうか。だとすればきっと、運命の相手に出会えるよう神が導いてくれたのだ。

「だからかしら……」

「なんだい？」

独り言のようなつぶやきが気になり、彼女を真っ直ぐに見つめる。

迷い顔でひとしきり唇を結んでいた彼女が、ふと恥ずかしげに目を細めた。

「私、アイザックさんからダンスに誘われたとき、とても嬉しかったの。他の方と踊っている途中であなたの姿が目に飛び込んできて、それからは気がつくとあなたの姿を探していたのよ」

「まさか……」

予想もしていなかった彼女の言葉に、アイザックの胸が高鳴り出す。

声をかけたあのとき彼女が驚きに目を瞠ったのは、いきなりダンスに誘ったからだと思っていた。

それが目で追っていた相手が自分の前に現れたことに対する驚きだったと知り、天にも昇ったような心地になっていく。

ルーシアのことがもっと知りたい。愛らしく清廉で恥ずかしがり屋の彼女は、普段、なにをして過ごしているのだろうか。趣味や家族のこと、それに、好きな食べ物——知りたいことが山ほどある。

とはいえ、矢継ぎ早に訊ねるのは失礼だ。逸る気持ちを必死に抑えたアイザックは、穏やかな笑みを浮かべて、まずは差し障りのなさそうな問いかけをする。

「さきほど君は、踊ってばかりで疲れてしまったと言っていたけれど、ダンスが好きなのかな？」

「ええ、とても。だから本当はアイザックさんと踊りたかったの」

満面の笑みを向けられ、胸の高鳴りが激しくなっていく。

「ここで少し休憩をしたら、一緒に踊ってくれるかい？」

「もちろんよ」

即座に答えを返してきたルーシアがグラスを口元に運び、コクリとレモネードを飲む。

「アイザックさんはダンスがお上手だから、とても楽しく踊れそうだわ」

グラスを下ろした彼女にそう言われ、アイザックは喜びが込み上げてくる。

たとえ、それがお世辞であっても嬉しい。親から注意を促されるというほどの口べたにもかかわらず、彼女が自分と積極的に会話をしているのだ。

「ダンスの他に好きなものはあるのかな？　僕はヴァイオリンの音色が好きで、たまに弾くんだ。ただ、あまり上手くないけどね」

「私はピアノを習っているの。弾くのは楽しいけれど、上手とは言い難いわ」

互いに顔を見合わせて笑う。

言葉を交わすほどに、彼女との距離が縮まっていくようだ。このあとのダンスで、その距離はもっと近づくことだろう。

「レディ・ルーシア……」

彼女が手にしている空のグラスを受け取ってテーブルに置き、アイザックは座ったまま身体をずらして向かい合う。

「アイザックさん?」

急にどうしたのだろうかと言いたげに、彼女がきょとんとした顔で見返してきた。

膝に置かれている手を握り取ると、ピクッと肩を震わせたルーシアが目を丸くする。けれど、彼女は手を引っ込めることなく、ただ睫を瞬かせていた。

「レディ・ルーシア、伯爵令嬢のあなたに僕は相応《ふさわ》しくない男だと承知している。それでも、僕はあなたに恋してしまった。他の女性が目に入らないくらい、あなたに夢中なんだ。結婚を前提に僕とつきあってくれないだろうか?」

今すぐ言わずにいられなくなり、真摯な思いをぶつけたとたん、白い喉元の動きがはっきりと見て取れるほど、彼女が大きく息を呑んだ。

言葉もなく真っ直ぐに見つめてくる彼女を、アイザックも手を握り取ったまま無言で見つめ返す。

まるで時が止まったかのように、二人の周りが静けさに包まれている。動き回る紳士淑女の姿も目に映らなければ、話に花を咲かせる声も耳に入ってこない。まさに二人だけの世界に入り込んでいた。

「もしかして、子爵家の息子となどつきあえないのかな?」

なかなか返事をもらえないことに痺れを切らし、つい嫌みな口調で訊ねてしまったアイザックはすぐに後悔する。

「すまない……」

「私こそ、黙ってしまってごめんなさい。あまりにも急なことで、とてもびっくりしてしまって……でも、私は爵位なんて気にしていないわ、たまたま伯爵家の娘として生まれただけですもの。それに、結婚は好きになった方とするものでしょう？」

「それは、僕の申し出を受け入れてくれたということかな？」

そう訊ねたアイザックに、彼女がはにかみながら小さくうなずき返してきた。

嬉しさのあまり大きな声をあげそうになり、慌てて口を噤む。

いますぐ彼女を抱きしめたい衝動に駆られる。けれど、紳士たる者は公の場ではしたない真似などできない。喜びを分かち合えないもどかしさを感じながら、はにかんでいる彼女と見つめ合う。

「ルーシアさま」

不意に聞こえてきた女性の声に我に返ったアイザックは、ルーシアとほぼ同時に視線を前方に向けた。

地味なドレスに身を包んだ二十歳過ぎの女性が、厳しい表情でこちらを見ている。その様相から、すぐに貴族ではないとわかった。

未婚の令嬢が外出する際には、常に付添人を必要とする。監督者の務めを果たすのは、既婚の知人女性か女性家庭教師が一般的であり、ここに姿を見せたのは後者だろう。

「そろそろ迎えの馬車が到着いたしますよ」

付添人から暗に帰宅を促され、ルーシアが残念そうに肩を落とす。

もう少し二人で話をしたい思いがある。ただ、付添人が登場したのでは彼女を引き留めることもできない。しかたなく今夜はこれまでと諦め、アイザックは握り合っている手を優しく叩く。

「君宛に手紙を出してもいいかな？」

訊ねてみると、彼女が嬉しそうに目を細めてうなずき返してきた。

「もちろんよ」

その言葉だけで充分だった。

一瞬にして恋に落ちた。それは、運命の出会いとしか言いようがない。あまりにも幸せすぎて、頬が緩みっぱなしだった。

彼女は必ず返事を書いてくれるだろう。次にいつ会えるのかはわからない。それでも、手紙に思いを綴り合えば、今以上に心を通わせることができると、アイザックは確信していた。

「ルーシアさま」

急かすような付添人の声に、アイザックが先に椅子から立ち上がると、ルーシアはしかたなさそうに肩をすくめて腰を上げた。

「とても楽しかったわ」

彼女がにこやかに片手を差し出してくる。

その白い手袋に包まれた小さな手を取り、身を屈めて指にくちづけた。

「君に会えてよかった。気をつけて、レディ・ルーシア」

後ろ髪を引かれる思いを抑え込んで別れの言葉を向けたアイザックに、彼女が愛らしい微笑みを浮かべてうなずき返してくる。

名残惜しそうにしばらくこちらを見つめていた彼女も、後方で待っている付添人が気になるのか、ドレスの裾を翻して背を向けた。

こちらを気にするように振り返るルーシアを付添人が促すようにして連れてゆく。

「ルーシア……」

ブロンドを煌めかせながら、軽やかな足取りでホールへと戻っていくルーシアを、アイザックはその場に立って見送る。

未婚の男女は簡単に会うことが叶わない。親の許可を得た交際であれば屋敷を訪ねていくこともできるが、自分とルーシアはそうした関係ではないのだから無理な話だ。

次に会えるのは、舞踏会などの盛大な催しに、双方が招かれたときとなる。再び会えるまでは、手紙のやり取りくらいしかできないだろう。

「そうだ、今夜のうちに……」

ルーシアにしばらく会えないのは辛いが、ありったけの思いを手紙にしたため、二人の絆を深めていけばいいだろう。

遠ざかっていくルーシアの可憐な後ろ姿を見つめながら、アイザックは胸に溢れ返る熱い恋心をどう言葉にして伝えようかと考えていた。

＊＊＊＊＊

過去に思いを馳《は》せていたアイザックは、親族に身体を支えられるようにして教会に戻っていくルーシアの姿を目にしてハッと我に返った。

すぐにでも駆け寄って行ってこの手にしっかりと抱きしめ、悲しさ、寂しさ、心細さに震えているであろう彼女の心が安らぐまで、慰めてやりたい。

彼女と出会ったあのころならば、躊躇うことなくそうしていただろう。けれど、いまは迷いがあった。

「なにが、爵位なんて気にしていないだ……」

運命的な出会いを果たしたあの日以降、彼女とは一度も会っていない。そればかりか、約束した手紙のやり取りも、一方的なもので終わってしまっていた。

アイザックは約束どおり、舞踏会から帰宅してすぐさま手紙をしたためた。愛を綴った手紙に返信はなかったけれど、書く機会を逸しているのだろうと気にすることなく、溢れる思いを伝えたい一心で手紙を送り続けた。

いずれ返事をくれるだろう。彼女が約束を忘れるはずがない。そう信じて疑わなかったのだ。

そうして手紙を送り続けて一ヶ月が過ぎたころ、ようやくルーシアから返事が届いた。待ちに待った彼女から手紙に浮かれたのは言うまでもない。逸る気持ちを抑えきれず、手紙を運んできたメイドが下がるのも待たずに封を切った。そして、愛するルーシアに憎しみを抱くほど、打ちのめされたのだ。

「君も他の女たちと同じだった……分不相応な男の求愛に応える振りをして、心の中では僕を嘲笑《あざわら》っていたんだ……」

ルーシアが綴った手紙の文言をまざまざと思い出し、悔しさと怒りにきつく握りしめた手を震わせる。

心に深い傷を負わせられ、命を奪ってやりたいくらいの憎しみを覚えた。長い年月を経たいまも傷は癒えることなく、胸の内では憎しみが燻《くすぶ》っている。

それなのに、ルーシアを忘れられないでいた。舞踏会や晩餐会に出席しても、心が惹かれる女性はひとりも現れず、一緒にいる女性の顔にルーシアの顔が重なって見えるありさまだった。

憎くてたまらないはずなのに、ルーシアに対する愛をどうしても消すことができない。ヴァンガルデ伯爵家の不幸を知らせる一報が届いたときですら、真っ先に彼女を心配してしまった。

いまだ彼女を思い続けている自分が情けなくてしかたないのに、居ても立ってもいられず葬儀に駆けつけてきたのだ。

「ルーシア……」

遠ざかっていく弱々しい後ろ姿を見つめ、唇が白くなるほどに噛みしめる。

心に宿っているのが憎しみだけではないから、辛くてたまらない。愛の欠片《かけら》も残っていなければ、彼女を見て胸が痛むこともなかったはずだ。

愛しく思っているからこそ、彼女を憎んでしまう。憎んでいるのに、彼女を欲してしまう。

こうなったら、彼女をどこかに閉じ込め、自分だけのものにしたい。たとえ彼女から嘲笑われようとも、そばに置いておけるならばかまわない。

「いっそ連れ去ってしまおうか……」

できるわけなどないのに、そんな無謀な考えが脳裏を過《よ》ぎる。

「馬鹿だな」

口を突いて出た己のつぶやきに呆れ、力なく首を左右に振ったアイザックは、教会へと向かう参列者の最後尾に加わった。

埋葬が終わったあとには、礼拝堂で改めて祈りが捧げられる。その後に紅茶や軽食が振る舞われ、参列者は遺族を交えて故人を忍ぶのだ。

葬儀に駆けつけてきたものの、ルーシアと顔を合わせるつもりはなく、埋葬を見届けて帰るつもりでいた。

けれど、久しぶりに彼女をこの目で見たら、帰る気持ちが失せた。葬儀に参列していることを知らない彼女が自分を見たとき、いったいどんな顔をするのだろうかと気になってきたのだ。

「アイザック、噂を聞いたかね?」

すっと顔なじみの男爵が、アイザックの隣に並んできた。

他界した父親とのつきあいが長く、その関係で子供のころから面識がある。爵位を継いで当主となった今も、男爵は昔の癖が抜けないのか、相変わらずファーストネームで呼びかけてきた。

社交界では貴族の呼びかけ方に対して厳しい決まりがあり、称号をつけずに呼びかけるのは無礼とされている。

とはいえ、身内ほど親しければさして気にもとめない。歳上の男爵から子爵と呼ばれるよりは、気軽にファーストネームを使ってもらったほうが気持ち的にも楽だった。

「噂?」

アイザックは歩みを揃えながら、眉根を寄せて男爵を見返す。

「ヴァンガルデ伯爵だけでなく、息子さんも亡くなられたので、後継者のことがちょっとした話題になっていたんだよ」

「ああ、そういえば……」

考えが及ばないでいたアイザックは、にわかに興味を募らせた。

残されたのは二人の娘であり、爵位を継ぐ権利がない。となると、候補者は故人と血の繋がりがある男性だ。

より近い血筋から権利を得ていくため、最有力者は実弟となる。ヴァンガルデ伯爵に弟はいただろうか。

「伯爵にご兄弟は？」

「歳の離れた弟がひとりいてね、彼が爵位を継いだそうだ。ところが、この弟というのが名高い博打好きで厄介な男なんだよ。伯爵家もどうなることやら」

大袈裟に両手を広げた男爵は、苦々しい顔をしている。

彼にしてみればしょせん他人事であり、本気で心配しているようには感じられなかったけれど、アイザックはちょっとした疑問を抱いた。

「残された二人のお嬢さまがどうなるのかご存じですか？」

「二人とも独身なのだし、姪を追い出すわけにはいかないだろうから、一緒に暮らすのではないかな。まあ、これまでのような贅沢はさせてもらえないだろうが」

軽く肩をすくめた男爵に、なるほどとうなずき返す。

伯爵であった父親と跡継ぎの兄を同時に失い、爵位が叔父に受け継がれたいま、ルーシアと妹は伯爵令嬢ではなくなった。

故ヴァンガルデ伯爵の娘だったというだけであり、立場としては平民と同じになる。爵位を継いだ叔父が後見人になるのであれば、不自由をすることはないだろう。とはいえ、叔父の評判がよくないというのは気になるところだ。

ルーシアなどどうにでもなってしまえばいいと思う自分もいるのだが、彼女のこれからを心配している自分も確かにいて、どうにも気持ちが落ち着かないでいる。

「ああ、ついに降り出したな」

空を仰《あお》ぎ見た男爵が、にわかに先を急ぐ。

埋葬が終わるのを待ってくれていたかのように、ポツポツと雨が降り出してきた。

「立場は僕が上になったわけだし、僕を見てどんな顔をするのか……」

思わせぶりな言葉を口にしておきながら、あっさりと掌《てのひら》を返してきたルーシアが、立場が逆転してしまったいま、どんな気持ちでいるのか知りたい。

あのときのことを詫びてくれたなら、泣いて縋って許しを求めてきたなら、きっと憎しみも消えることだろう。

ルーシアの態度次第では、改めてやり直せるかもしれない。降り出した雨の中、足を速めたアイザックは、そんなことを考えていた。

第二章

　両親と兄を一度に失ったルーシアは、教会の控え室に置かれた質素な椅子に腰かけ、力なく項垂《うなだ》れていた。

　葬儀を終えても残ってくれた参列者たちは、用意された紅茶やレモネードを飲み、サンドイッチを摘まみながら、故人に思いを馳せている。

　先ほどまでそばにいてくれた伯母や従姉妹たちも、参列者たちの輪に加わってしまい、ルーシアはひとりぼっちになってしまった。

　父親たちの死を悼《いた》む多くの人が、天国に見送るために集まってくれたけれど、埋葬を終えて控え室に戻ってきた彼らは、楽しげに思い出話に花を咲かせている。

　埋葬に参列した人々はみな、土に還されていく死者を涙で見送るけれど、神に召されて天国へ行くことを望んでいるため、死を嘆くことがなかった。

　新たな人生が始まるのは喜ばしいことだと考えているから、ずっと悲しみに泣き濡れているのは故人により近い者だけであり、参列者たちはよき思い出に浸《ひた》るのだ。

わかっていることであっても、控え室に響く明るい声がルーシアはいたたまれない。

家族で過ごした日々を思うと悲しくてたまらず、どうして神はこんなにも早く彼らを天国へと導いたのだろうかと恨みすら覚えそうだった。

「ううっ……」

椅子に腰掛けたまま黒いレースのハンカチで口元を押さえ、ルーシアは声を押し殺してひとり涙を流す。

愛する父、母、そして兄までが、忽然《こつぜん》とこの世からいなくなってしまったのだ。その悲しみは計り知れないほど大きい。

けれど、ルーシアの胸の内に渦巻いているのは、そうした悲しみだけではなかった。

病弱の妹と二人で、これから先、どうやって暮らしていけばいいのだろうかといった不安もあり、身に纏っている黒いドレスのように目の前が真っ暗な状態なのだ。

「ルーシア、葬儀も終わったことだし、おまえに話しておきたいことがある」

ふと聞こえてきた声に泣き濡れた顔を上げてみると、上質な黒いフロックコートを纏った叔父のデイヴィッド・ロイ・ヴァンガルデが正面に立っていた。

父親の歳の離れた唯一の弟で、早くに屋敷を出てしまったため、ルーシアは数えるほどしか会ったことがない。

デイヴィッドは伯爵家の息子だが、財産を相続する権利は長男にしかなく、ルーシアの父親が爵位を継いだあとは、生活費と称する小遣いをもらいながら生まれ育った屋敷でそのまま暮らしていた。

けれど、わずかな金を兄から与えられるだけの、いわゆる部屋住みの身分に嫌気がさした彼は、事業を始めると言って屋敷を出て行ったのだ。

しかも事業を始めるといえば聞こえがいいが、実際には博打《ばくち》に明け暮れる日々でしかなく、兄に金をせびることも珍しくなかったようだ。

社交的で慈善活動にも熱心だったルーシアの父は、社交界で信頼の厚い存在だった。だが、そんな父親とは対照的に、デイヴィッドは身内に金の無心をするだけでなく、あちらこちらで借金を重ねているらしく、社交界にデビューしてからのルーシアは、幾度となく彼の悪い評判を耳にしていた。

叔父に可愛がってもらった記憶もあまりないばかりか、父親に迷惑のかけどおしだったこともあり、彼に対していい印象を持っていない。

葬儀に姿を見せていたのは知っていたが、悔やみの言葉をかけてくれるわけでもなかったため、すでに彼は帰ったものとばかり思っていた。

それだけに、今頃になって声をかけてきたのが、ルーシアには不思議でならなかった。

「お話ですか？」

「今日から私がヴァンガルデ伯爵だ」

椅子に座ったままハンカチを握りしめて彼を見上げていたルーシアは、理解し難い言葉に涙に濡れた長い睫を瞬かせる。

「えっ？」

「跡継ぎのジョイも死んでしまったのだから、実弟である俺が兄上の爵位を引き継ぐのが妥当だろう？　爵位と同時に兄上の財産もすべて俺に移る。あのリーガーデン・ハウスも今日から俺のものだ」

「リーガーデン・ハウスも？」

ルーシアはあまりの驚きに目を瞠った。

父親の唯一の弟なのだから、爵位や財産を彼が受け継ぐのは理解できる。けれど、まさかずっと暮らしてきたリーガーデン・ハウスまでもが、彼のものになってしまうとは思ってもいなかった。

「当然だ。俺が爵位を継いだということは、おまえはもう貴族の娘ではなくなり、一文無しの平民になったということだ」

「そんな……」

　ふてぶてしい笑みを浮かべているデイヴィッドを、ルーシアは言葉を続けられずにただ息を詰めて見上げる。

　自分の置かれた状況がにわかには受け入れられず、困惑も露わな顔でデイヴィッドを見上げた。

「私はこれから……」

「屋敷は今日のうちに出て行ってもらう。おまえの面倒など見るつもりはないから、身の振り方は自分で考えるんだな」

　あまりにもむごい叔父の言葉に、ルーシアは顔面蒼白になる。

　住む場所まで奪われてしまったら、この先どうやって暮らしていけばいいのかわからない。

　両親と兄を失った悲しみが癒える間もなく、屋敷を追い出そうとするデイヴィッドが悪魔に思える。

　今日のうちに屋敷を出ることなどできるわけがない。そう言おうとしたのに、彼は恩情の欠片《かけら》もないのか、話はそれだけだとばかりに背を向けた。

「待って、妹が……」

　急いで椅子から立ち上がったルーシアは、その場を立ち去ろうとするデイヴィッドに追い縋る。

慌ただしい動きに参列者たちが、なにごとだろうかと言いたげに視線を向けてきた。

故人を偲ぶ場で騒々しい真似はしたくなかったけれど、このまま叔父を帰してしまうわけにはいかない。

十三歳になったばかりの妹が療養所にいるのだ。生まれたときから身体が弱く、その短い人生のほとんどを療養所で過ごしてきた妹は、両親と兄の死を知らせただけで体調を崩してしまった。

これから先も妹が療養所を出られそうにないのであれば、どうあっても費用を工面しなければならないが、自分ひとりではどうにもならない。周りの目など気にしている場合ではなかった。

「妹が療養所にいるんです！　せめてその費用だけでも用立てていただけませんか？」

手袋に包まれた小さな手でデイヴィッドの腕を摑み、あらん限りの力を出して強引に振り向かせる。

さも不愉快そうに眉根を寄せて見下ろしてきた彼が、乱暴にルーシアの手を払いのけてきた。

「妹？　ああ、そういえば娘は二人だったな」

「妹は療養所から出ることができないんです、お願いですから……」

両手を胸の前できつく握りしめ、必死に懇願する。

「なぜ俺が金を出さなければならないんだ？　血の繋がった妹のために、身体を売るなりなんなりすればいいだろう」

デイヴィッドが迷いもなく言い放ってきた。

ヴァンガルデ伯爵となり、膨大な資産を手にした彼は、たとえ姪の頼みであっても財産を減らすような真似をしたくないようだ。

伯爵令嬢として両親に愛されて育ってきたルーシアは、自分が娼婦として働くことになるなど考えたことがない。

身体を売れと言われた衝撃があまりにも大きく、言葉がなにも出てこないでいる。

「俺に頭を下げる気があるなら、紹介状くらい書いてやるぞ。ああ、それから、愛する兄上のために葬儀代くらいは出してやるから安心しろ」

最後にルーシアを軽く抱擁して優しい叔父を演じたデイヴィッドは、参列者に挨拶をするでもなくさっさと控え室を出て行ってしまった。

「叔父さま……」

呆然と立ち尽くすルーシアの周りがにわかにざわめき出す。

このまま控え室で過ごすのが気まずくなったのか、参列者たちが次から次へと席を立って部屋を出て行く。

「元気を出してね」

「気を落としてはだめよ」

去り際に声をかけてくれる女性もいたけれど、どこか態度が空々しかった。

もう貴族の娘でもないルーシアに、気を遣ってもしかたないと思っているかのようだ。

これまでは親しく接してくれていた貴族たちから掌を返され、悲しみと虚しさが一気に込み上げてくる。

世の中のすべてが階級に支配されていて、貴族は特別な存在だった。どのような場でも丁重に扱われてきたのは、伯爵令嬢という身分だったからなのだと、今さらながら身に染みてくる。

「いったい、私はどうしたらいいの……」

控え室をあとにしていく参列者たちを、ルーシアは途方に暮れて見つめた。

気がつけば、伯母や従姉妹たちの姿もない。ヴァンガルデ伯爵家の血が流れていることに変わりはないのに、彼らはもう親類とも見なしてくれないのだろうか。悲しすぎて涙が溢れてくる。

「酷いわ……」

すっかり涙に濡れているハンカチで口元を押さえ、やり場のない悲しみにむせび泣く。

病弱な妹と二人で生きていくためには、自分が働いて稼ぐしかない。いったい自分になにができるというのだ。伯爵令嬢として習ってきたダンス、ピアノ、裁縫、外国語など、これっぽっちも役にたたないだろう。

「メイドになるしかないの……」

働いた経験など皆無であり、貴族に仕える自分を思い描くこともできない。

「でも他に……」

屋敷を追われた身なのだから、いつまでも迷っている場合ではないと意を決したそのとき、背後からいきなりポンと肩に手を置かれ、ルーシアは驚きに息を呑む。

控え室にはひとりきりだと思っていたけれど、まだ誰か残っていたのだ。いったい誰だろうかと、恐る恐る振り返った。

「レディ・ルーシア、久しぶりだね」

柔らかに微笑む青年を見て、ルーシアは声もなく目を瞠る。

「僕のことを覚えているかな？」

「アイザックさん……？」

ルーシアは激しく動揺していた。

舞踏会で初めて出会った彼にその場で恋に落ち、結婚を前提につきあいたいと言われて有頂天になったことが、つい昨日のことのように思い出される。

けれど、アイザックにはふられたはずだ。結局、約束の手紙は届くことはなく、初恋が叶わなかったことで、しばらくは泣き通しだった。なにもする気が起こらず、食事も喉を通らない日々が続いた。それなのに、どうして彼は再び自分の前に姿を現したのだろう。

「ご家族を一度に亡くして大変だったね」

あの晩、一瞬にして惹きつけられたアイザックの魅力的な瞳を、ルーシアは困惑も露わに見つめる。

柔らかな輝きを放つ瞳は少しも変わっていない。形のよい唇から紡がれる声も、あのときと同じで優しく穏やかだった。

「さしでがましいことを言うようだけど、もし身を寄せるところがないのなら、しばらく僕の屋敷で過ごさないか？」

「えっ？」

労りの言葉をかけてくれたうえに、信じ難い申し出をしてきたアイザックを、長い睫を瞬かせながら見返す。

アイザックと会ったのは舞踏会の一夜だけで、とうに忘れられていると思っていた。あの夜以来、二度と会うことがなかったのだから、そう考えるのが当然だ。

今になってどうして優しくしてくれるかわからない。舞踏会で交わした言葉すら、彼の記憶に残っていないのだろうか。

忘れようにも忘れられないでいた相手だけに、彼と再会できた嬉しさはある。けれど、ルーシアの心には同時に疑念も渦巻いていた。

「他に頼るところがあるのかい？」

アイザックから穏やかな口調で訊ねられ、ルーシアは素直に首を横に振る。

「いいえ……」

「それなら遠慮なく僕の屋敷に来たらいい」

「でも、ご家族に相談もなしでは……」

ルーシアは躊躇いがちに彼を見上げた。

生まれ育ったリーガーデン・ハウスではもう暮らせない。冷酷な叔父は、どれほど頼んだところで屋敷から追い出すはずだ。

アイザックの胸の内はいまのところわからないが、彼の好意に甘えてしまえば野宿は逃れられる。

ただ、子爵家の息子であることを考えると、親の許しを得なくていいのだろうかと思ってしまうのだ。

「今は僕がギャロウェイ子爵家の当主で他に家族はいないから、誰にも相談する必要なんてないんだ」

アイザックが遠慮は無用だと言いたげに、柔らかな笑みを浮かべて見つめてくる。

彼と初めて会ったのは二年ほど前のことだ。爵位を継いでいるのは、この二年のあいだに彼の父親が他界したからだろう。

頼れそうな人は他に見当たらず、できることならアイザックに縋りたい。けれど、初恋の人であると同時に失恋の相手でもあるだけに、ルーシアは素直に申し出を受け入れられないでいた。

「私は……」

「君に泊めてもらえるあてがあるなら僕も無理にとは言わないけど、そうではないんだろう？　遠慮など本当に無用だから、しばらく僕の屋敷で暮らしたらどうだい？」

優しい声音で諭《さと》すように言われ、ルーシアの心が大きく揺らぐ。

行くあてなどあるわけがない。叔父とのやり取りを耳にした親類や参列者たちは、彼の怒りを買うことを恐れてか、みな見て見ぬ振りをした。

一度はふられた相手に頼るのは複雑な気持ちだったけれど、どうしようもない状況に追い込まれているルーシアは、アイザックの屋敷でしばらく過ごさせてもらおうと心に決める。

「あの……ご迷惑でなければ少しのあいだだけでも……」

「迷惑なわけがないだろう。さあ、行こう」

にこやかに言ったアイザックが、さりげなくルーシアの腰に片手を添えてきた。

いまだ淑女のように扱ってくれる彼に驚きながらも、廊下へと促されたルーシアは俯き加減で歩みを揃える。

何とも思っていない彼の様子からすると、やはり彼は舞踏会でルーシアと交わした言葉の数々までは覚えていないようだ。

そう思うと悲しかったけれど、甘い言葉も、結婚を考えているような素振りも、彼にしてみればあの場かぎりのものでしかなかったのだ。

それでも、アイザックはたった一度しか会っていない自分のことを気遣ってくれた。

彼はとても心根の優しい人で、舞踏会でもルーシアの緊張を解そうとして、気のある素振りを見せてくれたのだろう。

アイザックの言葉を真に受けて、結婚を夢見た世間知らずな自分が、今さらながらに恥ずかしくなる。

両親を失い、生まれ育った屋敷を追い出され、さらには初恋の人に笑われたりしたら立ち直れそうにない気がしたルーシアは、あの時の恋心は自分の胸の中だけにしまっておこうと心に決めた。

＊＊＊＊＊

アイザックと教会を出たルーシアは、彼の馬車に乗ってリーガーデン・ハウスに向かっていた。

彼はいろいろ話しかけてきてくれているけれど、忘れられずにいた初恋の人が隣にいる緊張から、ルーシアは言葉少なに相槌《あいづち》を打つばかりだった。

「君と舞踏会で会ってからどれくらいになるんだろう」

「二年くらいになります……」

ふと思い出したようなアイザックのつぶやきに、あの日を話題にしてくれた嬉しさから、思わず間を置かずに答えていた。

「よく覚えているね？」

「私……昨日のことのように覚えています……あの王宮舞踏会は忘れられない楽しい思い出なので……」

そう答えてはにかんだルーシアを、彼が解《げ》せないといった顔つきで見つめてくる。

自分との出会いが記憶に残っている程度でしかない彼にしてみれば、こちらの気持ちなど理解し難いのだろう。

しかたのないこととはいえ、あの日の出会いに運命的なものすら感じていたから、残念でならなかった。

「あっ……」

不意に馬車が停まった驚きに窓の外を見てみると、目的地であるリーガーデン・ハウスに到着していた。

「あの……本当に大丈夫でしょうか？」

「大丈夫だよ、僕が説得するから」

馬車を降りたアイザックが、尻込みをしていつまでも動かないルーシアに手を差し伸べてくる。

彼の屋敷に向かう前に実家へ立ち寄ったのは、身の回りのものだけでも持っていきたいとルーシアから頼んだからだ。

しばらく世話になるだけとはいえ、身につけるものまで用意させるのは申し訳ない。だから、できることならドレスや肌着などを持ち出したかった。

それに、自分のために父親が誂《あつら》えてくれた思い出のドレスだけでも、手元に置いておきたかったのだ。

とはいえ、一方的に出て行けと言い放った叔父が簡単に許してくれるとは思えず、ルーシアはどうしても気乗りがしない。

「ヴァンガルデ伯爵には息子しかいないんだろう？　息子が君のドレスを着るとは思えないし、宝の持ち腐れみたいなものだよ」

アイザックから冗談めいた口調で言われ、ルーシアはようやく意を決して差し出された手を取った。

彼の手を借りて馬車を降り、住み慣れたリーガーデン・ハウスを眺める。

長い歴史を持つ堂々たる煉瓦《れんが》造りの建物は、堅牢ながらも優美な姿をしていた。

なだらかな階段を上がった先にある、太い柱に抱かれた正面玄関の大きな扉は、艶やかな樫《かし》の木の一枚板に黄金の装飾が施されている。

長方形の窓が各階に規則正しく配置され、すべての窓ガラスが輝くほどに磨き抜かれていた。

数え切れないほどの使用人たちは手入れに余念がなく、リーガーデン・ハウスは常に最高の状態に保たれている。

最後に自室のベッドで目覚めたのは今朝のことだというのに、二度とここで暮らすことができなくなってしまったルーシアは、言いようのない寂しさに囚われていた。

「あっ……」

玄関に向かっているアイザックに気づき、慌てて追いかける。

「私はギャロウェイ子爵、レディ・ルーシアのことでお話があるとヴァンガルデ伯爵にお伝え願いたい」

応対に出てきた黒いお仕着せ姿の執事が、アイザックの隣にいるルーシアに視線を向けてきた。

葬儀のために教会へと馬車で向かうルーシアを、神妙な面持ちで送り出してくれた執事とは別人だ。

デイヴィッドは、兄に仕えていた執事をもう解雇してしまったのだろうか。

「少々、お待ち下さい」

深く頭を下げた執事が、いったん玄関の扉を閉めた。

突然の訪問者を当主の許可なく屋敷に入れることはない。執事の判断としては正しく、事情を知らないアイザックも訝しがっている気配もない。

けれど、前任の執事であれば叱られるのを承知の上で、丁重に迎え入れてくれたような気がしてならず、ルーシアは自分の住む場所が完全に失われたことを実感した。

姿勢を正して待っているアイザックは、なにも話しかけてくることなく、目の前の扉が開くのを待っている。

こうしてそばにいると、抑え込んできた恋心がふつふつと湧き上がってくるようだ。

(馬鹿みたい……)

アイザックに相手にされなかったのに、いつまで経っても思いを断ち切れない自分に嫌気が差し、唇を噛みしめて俯いたルーシアは苦々しく笑う。

「ルーシアがどうかしたのか？」

耳に届いてきた叔父の声に、ハッとして顔を上げる。

ラウンジスーツに着替えている叔父と目が合ったとたんに萎縮《いしゅく》したルーシアは、思わずアイザックの後ろに身を隠した。

「はじめまして、私はギャロウェイ子爵です。突然のご訪問にもかかわらず、お時間を割いてくださり感謝いたします」

「用件を聞かせてもらおうか」

デイヴィッドの態度が横柄なのは、アイザックが若いだけでなく格下の貴族だからだ。まさに権力を笠に着る典型といえる叔父を、アイザックは説き伏せることなどできるだろうかと、ルーシアは一抹の不安を覚えた。

けれど、それは杞憂であったことがすぐにわかる。彼は少しも臆することなく、叔父に向かって口を開いた。

「私も先ほどの葬儀に参列しておりまして、失礼ながらお二人の話を耳にしてしまいました。ご事情はいろいろあろうかと思いますが、このままでは頼る術《すべ》がないレディ・ルーシアは野宿を強いられてしまいます。さすがに見過ごすことができませんので、しばらく私の屋敷に泊まっていただくことにしました」

「あんた気は確かか？　この娘は貴族でもなんでもないんだぞ？　身寄りのない娘など野宿でもさせておけばいいんだ」

丁寧に言葉を紡いだアイザックを、あろうことかデイヴィッドは嘲笑《あざわら》った。

アイザックは親切にしてくれただけなのに、どこまでも傲岸《ごうがん》な叔父の態度にルーシアは申し訳なくなる。

けれど、アイザックは叔父から馬鹿にされたにもかかわらず、平然としていて顔色ひとつ変えない。

「レディ・ルーシアとは面識もありますし、せめて身の振り方が決まるまでは屋敷をご提供しようかと。とはいえ、さすがに着替えなどがなければ不自由してしまいますので、ドレスなど身の回りのものだけでもと思いまして」

アイザックが礼儀正しさを崩さずに言ってのけると、叔父が苦虫を嚙み潰したような顔つきで舌打ちをし、ルーシアを睨《ね》めつけてきた。

ドレスなどいらないから、もう帰りたい。侮辱されるいわれのないアイザックにまでこんなことを言われては、いたたまれなかった。

「身の回りのものだけならいいだろう。ただし、それ以外のものには絶対に手をつけるな」

厳しい口調で言い放った叔父が、さっさと行けとばかりに扉を大きく開く。

「ありがとうございます」

にこやかに礼を言ったアイザックに手を引かれ、ルーシアは建物の中に入る。

「さあ、案内して」

アイザックから耳打ちされ、自室に案内するため足早に歩き出した。

思い出が詰まった慣れ親しんだ屋敷のはずなのに、なにかが違っている気がする。

叔父は屋敷に移ってきたばかりだ。それでも、違和感を覚えてしまうのだから不思議でならない。

どこが変わってしまったのだろうか。それを確かめたい思いもあったけれど、早くこの屋敷を出たい思いがなぜか強くあり、ルーシアは自室へと急いだ。

「ルーシア、どうしてここに？」

階段を上がろうとしたところで声をかけられ、足を止めて振り返る。

姿を現したのは、叔父のひとり息子のティモシー・アロー・ヴァンガルデだ。

十九歳になる彼は、もっとも年齢が近い従兄弟なのだが、叔父と同じくルーシアはこれまであまり顔を合わせたことがない。

「誰？」

「従兄弟で……」

アイザックと小声でやり取りしている途中で、ティモシーが訝しげな顔でつかつかと歩み寄ってきた。

「ここで暮らすことにしたのか？」

「そうじゃないの、身の回りのものを取りに来ただけで……」

どこまで話せばいいのか迷ったルーシアは、言葉半ばで口を閉ざして隣にいるアイザックに視線を移す。

「従兄弟のティモシーです」

「はじめまして、ギャロウェイ子爵です」

自ら名乗ったアイザックが片手を差し出すと、ティモシーは軽く握手を交わした。

「あっ、あの私……しばらくお世話になることになったの」

「行き先が決まったんだね、よかったじゃないか」

「ええ」

素直にうなずき返したものの、ティモシーが心配してくれていたのが意外に思えて驚いている。

彼とはあまり言葉を交わしたことがないこともあり、叔父同様に傲慢な性格なのだと勝手に思っていたのだ。

「さあ、行こう」

アイザックに急かされ、ルーシアは挨拶もそこそこに階段を上がっていく。

「ごめんなさい、私たち急いでいるの」

「なにかあったら連絡して、僕はルーシアの味方だよ」

階段下から聞こえてきたティモシーの声に、嬉しさを覚えて振り返る。

「ありがとう」

笑顔を向けると、ティモシーが満足そうにうなずいた。もう誰も身内は頼れないと落胆していただけに、まだ優しい人が残っていたとわかって安堵する。

先に階段を上り切って廊下を歩き出していたルーシアは、後ろからついてくるアイザックがなにかつぶやくのを耳にして振り返った。

「どうかしましたか？」

「従兄弟とはずいぶん仲がいいんだね」

そう言いながら、彼が隣に並んでくる。

声には棘があるように感じられたし、どこか機嫌が悪そうでもあった。

急にどうしたのだろうかと不思議に思いながらも、ルーシアは彼に笑みを向ける。

「歳が近い従兄弟は彼だけなんです」

「なるほど」

小さくうなずいた彼が、ルーシアの腰に手を添えてきた。

「ぐずぐずしているとヴァンガルデ伯爵の気が変わってしまうかもしれないから、急いで荷物をまとめよう」

「ええ……」

従兄弟のことが気に障っているようにも思えたけれど、理由を訊ねるのもおかしな気がしたルーシアは、アイザックと並んで廊下を歩き出す。

しばらく無言のまま進み、自室の前で足を止めると、彼が扉を指さしてきた。

「ここ？」

確認してきたアイザックにうなずき返し、ルーシアは自ら扉を開ける。

中に入ってみると、なにひとつ変わっていなかった。どうやらデイヴィッドはまだこの部屋には手をつけていないようだ。

社交界にデビューするまでは、子供部屋で過ごしていたから、新しい部屋を与えられてからは何年も経っていない。

短い期間を過ごしたにすぎない部屋ではあるけれど、再び使うことがないのかと思うと悲しくなった。

「ドレスはどこにあるのかな？」

「こちらです」

部屋を眺めているアイザックの問いかけに、ルーシアは身仕舞いをする小部屋へと案内する。

「時間がないから勝手に開けさせてもらうよ。この際だから、持てるだけ持って行こう」

ドレスをしまってある戸棚の扉を開けた彼が、選ぶことなく大きく広げた両手で抱え込み、そのまま小部屋を出て行く。

とにかく、今はこれから暮らしていくために必要なものをできるだけ多く持って、リーガーデン・ハウスから出ていくのが先決だ。

そう思い直したルーシアは、さすがに彼に任すのが躊躇われる肌着を入れた戸棚の扉を自ら開けていた。

＊＊＊＊＊

「君はこの部屋を使うといい」

重厚感のある大きな扉を自ら開けてくれたアイザックが、優雅に片手を差し出して中に入るよう促してくる。

馬車でギャロウェイ子爵邸へと連れてきてくれた彼は、休むことなくルーシアを部屋に案内してくれた。

自分のためにリーガーデン・ハウスに立ち寄ってくれたばかりか、身の回りのものを持ち出せるよう叔父に交渉してくれた彼はさぞかし疲れていることだろう。

それなのに、どこまでも優しくて紳士的な彼に、ルーシアは言葉にし難いほどの感謝の気持ちが胸いっぱいに込み上げてきていた。

ずっとアイザックに恋心を弄ばれたと思い込んできたけれど、もしかしたら勘違いだったのだろうか。

彼が手紙の一通もくれなかったのは、特別な事情があったからではないだろうか。

舞踏会で彼が口にした言葉はすべてが真実のものであり、連絡したくてもできなかったのかもしれない。

諦めが悪いにもほどがある。都合よく考えすぎだと自分でもわかっている。それでも、こんなにも親切にされてしまうと、そう思いたくなってしまうのだ。

「ありがとうございます」

一礼して部屋に入り、中央へと足を進めたルーシアは、アイザックに聞こえないほどの小さなため息をもらした。

床には大理石が敷き詰められ、高い天井は優雅な曲線を描くアーチ型で、豪奢《ごうしゃ》なシャンデリアが吊り下げられている。

四隅に黄金の柱がある大きなベッドは、透かし細工を施した天蓋《てんがい》つきだ。垂れ下がる艶やかな真紅の幕には、たっぷりと金糸の縁取りがされていて、金の房が付いた紐で四隅の柱に纏められていた。

豪華な調度品で彩られた部屋は、これまで暮らしてきた自分の部屋とさほど違いはないけれど、今の自分にはあまりにも贅沢すぎる。

わずかな金すら持っていないのに、アイザックの厚意に甘えてしまっていいのだろうかと、いまさらながらに気が引けてきた。

「遠慮なく使ってかまわないよ」

歩み寄ってきた彼が、柔らかに微笑む。真っ直ぐに見つめてくる瞳がとても優しげだ。

こちらの思いを見抜いているかのようなアイザックの言葉に、ルーシアは自分への気遣いを感じてしまい、こんなときだというのに嬉しさを覚えてしまう。

「親切にしていただいて本当にありがとうございます……なんとお礼を言えば……」

手袋に包まれた小さな手を握り合わせ、真摯な気持ちを言葉にしたルーシアは、大きな紫色の瞳でアイザックを見上げた。

「そんなことは気にしなくていいよ。それより、妹さんが療養所に入っていると聞いているけど、だいぶ悪いのかい？」

そう言いながら手を取ってきた彼に長椅子へと導かれ、ルーシアは並んで腰を下ろす。

「療養所を出て暮らすことは難しいだろうと言われているんです。でも、父の財産を受け継いだ叔父は療養所の費用を出してくれないようで、私はどうしたら……」

溢れてきた涙に言葉が続かなくなり、細い肩を震わせて唇を噛みしめる。

早く働き口を探さなければという思いや、どれくらい稼げば妹を療養所に預けておけるのだろうかといった思いが交錯し、不安で胸が押しつぶされそうだった。

「大丈夫だよ、妹さんの面倒は僕が見てあげるから心配しないで」

「そんなことまで……」

「困っている君を放っておけないからね」

そっと肩を抱き寄せてきた彼が、こちらを落ち着かせるように腕を優しく擦ってくる。

両親と兄を失って悲しみに打ちひしがれていたうえに、生まれ育った屋敷を追い出されてしまって途方に暮れていたが、こうして彼の優しさに再び接することができて少し救われた気がした。

「それから、君にもこれまでどおりの贅沢な生活を約束してあげるよ」

「えっ？」

あまりにも思いがけない申し出に、涙に濡れた目を瞠ってアイザックを見返す。

「その代わり、君は僕の愛人になるんだ」

にこやかに言い放った彼が、抱き寄せている腕を解いてスッと立ち上がる。

今、彼はなにを言ったのだろうか。理解し難い言葉に、唖然としてしまう。

けれど、彼は目の前で平然とフロックコートを脱ぎ、長椅子の背に放った。

「愛人……？」

優しい彼が口にした言葉とは思えず、ルーシアは大きく瞠った瞳を瞬かせる。

「そうだ。僕がいなければ、君は妹さんの療養所の費用を稼ぐために、どこかで働かなければならないんだよ？　僕の愛人になれば、働かなくてもいいし、贅沢な暮らしもできる」

「でも……」

「君のような若い女性の働き口などメイドくらいのものだ。伯爵令嬢だった君にメイドが務まるわけがない」

にやりと笑ったアイザックに問答無用とばかりに腕を掴まれ、ベッドへと無理やり連れて行かれる。

「やめて……お願い……」

彼がなにをしようとしているのかが容易に察せられ、ルーシアは必死に腕を振り解こうとしたが、逃れることはできない。

痛いほど彼の指が腕に食い込んでくる。自分が知っている優しいアイザックとは、まるで別人だ。いったいなにが彼をこんなふうに豹変させてしまったのだろう。

ベッド脇まできたところで力任せに押し倒され、ルーシアの身体が柔らかな寝具に仰向けに沈み込む。

倒れた勢いに黒いドレスの裾が大きく膨らみ、膝まで捲《めく》れ上がる。小さな黒いレースの帽子が飛び、結い上げていた艶やかなブロンドが解け、輝きながら優雅に波打った。

「自分が拒める立場にないことくらい、君もわかっているんだろう？」

ベッド脇に立ったまま手袋を外して床に捨てた彼が、襟元のタイを緩めながら見下ろしてくる。

「君はその身体を僕に差し出すだけで、汗水垂らして働くことなく贅沢な暮らしができるんだよ」

真っ直ぐに向けられる瞳がやけに恐ろしく感じられ、全身が恐怖に強ばって身動きが取れないルーシアは、ドレスの裾を直すのも忘れて彼から目を逸らす。

彼に捧げるつもりだった純潔は、今もたいせつに守ったままだ。初めての出会いから二年の月日が過ぎてはいるが、彼を諦めきれずに両親にせっつかれながらも結婚に二の足を踏んできた。

いつかアイザックと……幾度そう思ったことか。けれど、こんな形で結ばれることを望んでいたわけではない。

「療養所の費用と、これまでどおりの暮らしを望むなら、僕に服従を誓うんだ」

タイを外して襟元を緩めたアイザックが、片膝をベッドに乗せてくる。

恐る恐る視線を正面に向けたルーシアは、息を呑んで彼を見つめた。

「ルーシア、簡単なことだろう？　〝私はギャロウェイ子爵に服従することを誓います〟そう言うだけでいいんだよ」

アイザックがにこやかに見下ろしてきた。

端正な顔に浮かぶ笑みに仄暗いものが感じられ、ルーシアはさらなる恐怖を募らせる。

「伯爵家の後ろ盾を失った君にできることは、僕をベッドで楽しませることくらいだ。拒むのであれば、妹さんのこともなかったことにするよ？」

「そんな……」

家族の死を知って病状が悪化してしまった妹を療養所から出すことになれば、命に危険が及ぶことはわかりきっている。

けれど、次の支払いまでに金を工面できなければ、妹を療養所に預けておくことはできないだろう。

　これまでの彼は優しかった。それはすべて偽物だったというのだろうか。それとも、はじめから自分をこうすることが目的で、声をかけてきたのだろうか。妹の命を盾に取って卑劣な要求をしてくるなど、あまりにも酷すぎる。

（無理よ……受け入れることなんて……）

　これまで恋い焦がれてきたアイザックからの惨《むご》い仕打ちに、ルーシアは心が砕けそうになる。

「黙っているのは、この話をなかったことにしてもいいからなのかな？」

　冷ややかな表情で言い放った彼に、追い詰められていく。

　なにもかもを失ってしまった自分は、妹の面倒すら見てやることもできない。もう心を決めるしかなかった。

「私は……ギャロウェイ子爵に服従することを……誓います」

　意を決したルーシアが声を震わせながら誓うと、彼は満足げに唇の端を引き上げ、片膝をベッドについたまま身を乗り出してきた。

「あっ……」

そっと伸ばしてきた手で頬に触れられ、なにをされるかわからない恐怖に肩を窄めて顔を背ける。

「ルーシア」

頬に触れていた手であごを捕らえられ、顔を正面に戻された。

再会してからの彼は、ずっと〈レディ〉と敬称をつけてくれていたのに、いきなり呼び捨てにされて衝撃を受ける。

もう伯爵令嬢ではないのだし、彼に服従を誓ったのだから、呼び捨てにされてもしかたない。

頭ではそのことを理解していても、ただの所有物になってしまったように感じられて胸に痛みを覚える。

「君は服従を誓った。誓約の証として、くちづけをしてもらおうか」

身動きが取れないでいるルーシアを、アイザックが真っ直ぐに見下ろしてきた。

くちづけをするようにと彼から迫られたルーシアは、薄くて形のよい彼の唇を困惑も露わに見つめる。

初めて彼とくちづけを交わす日を、何度も思い描いてきた。夢見心地で触れ合わせる唇は、少し甘酸っぱく感じられ、恥じらいに胸がときめくはずだった。

それなのに、契約の証としてファースト・キスを奪われようとしている。心を決めたとはいえ、悲しくてならなかった。

「ルーシア?」

アイザックから静かな声で促され、抗えないルーシアは自ら頭を起こし、薄く開いている彼の唇にくちづける。

「んっ……」

すぐさま頭を片手に抱き込まれ、唇が深く重なり合う。

喜びなど湧き上がってくるはずもなく、強要されて交わす初めてのくちづけに頭が混乱していく。

「んん……っ」

ルーシアの柔らかな唇をアイザックは、ときに舌先で輪郭をなぞってくる。

(どうして……)

唇を触れ合わせるほどに、悲しさと苦しさが込み上げてきた。

二年ものあいだ音信不通だったけれど、彼は自分を忘れないでいてくれた。そんなふうに都合よく受け止めた己が愚かに思え、涙が溢れてくる。

アイザックが初めて会ったときのままでいてくれたのなら、きっとこんな思いは抱かなかっただろう。彼のことを思い続けてきたからこそ、ルーシアの心は千々《ちぢ》に乱れていた。

「ふっ……」

アイザックが深く唇を重ねてくると同時に舌を忍び込ませてきた。互いの舌が触れ合い、驚きに身を硬くする。

「んっ」

無意識に両手で彼の胸を押し返そうとしたとき、搦め捕られた舌をきつく吸われてあごが上がり、鳩尾《みぞおち》のあたりがズクンと疼いた。

この感覚はなんだろうかと思う間もなく、再び痛いほどに舌を吸い上げられ、強ばっていた身体から力が抜けていく。

抵抗しようとしていたのに、そうする気力が一瞬にして失せてしまった。いったい自分の身体になにが起きているのだろう。どうして手足に力が入らないのか、自分でもわからなかった。

「邪魔だな」

不意に唇を離してつぶやいた彼に、いきなり身体を反転させられる。

急なことに驚いたルーシアは起き上がろうとしたけれど、すかさず片手で背を押さえつけられ、動きを封じられてしまう。

きた。
「なにをするの？」
どうにか身体を捩《よじ》り、声を震わせて訊ねたルーシアを、アイザックが無言で見下ろして
きた。
優しげだった茶色の瞳が、今は暗く翳《かげ》っている。彼はどんな思いを自分に抱いているの
だろう。それが知りたいのに、瞳からはまったく読み取ることができない。
「いやよ、やめて……」
咄嗟に声をあげたルーシアは、両手をベッドについて身体を起こそうと足掻《あが》いた。
彼がこちらを見下ろしたまま、縦に並んでいるドレスの背ボタンに手をかけている。
服従を誓った身でありながら、往生際が悪いことは承知している。それでも、いざとな
れば恐怖を感じてしまう。
なぜこんな扱いをするのだと叫んでしまいそうになり、慌てて唇をきつく嚙みしめる。
残されたのが自分ひとりだけなら、きっとアイザックを押し退けてでもこの場から逃げ
出していただろう。
けれど、病弱な妹のことを考えたら、無謀な真似はできない。血の繋がったたったひと
りの妹を、見捨てられるわけがない。
療養所の費用を今すぐ用立てることができるのはアイザックだけなのだから、ルーシア

は彼の為すがままになるしかなかった。

　柔らかな寝具に突っ伏して身を硬くしていると、間もなくしてふっと胸のあたりが緩くなった。背中のボタンがすべて外されたのだ。

「女性のドレスは厄介なものだな」

　アイザックのつぶやきが聞こえてきたかと思うと、コルセットの紐が緩み始めた。

　かつて、これほどの羞恥を覚えたことがあっただろうか。頬や耳ばかりか、全身が燃えるように熱くなっている。

　でも、どれほど恥ずかしくても、今は堪えるしかない。そう自らに強く言い聞かせながら、時が過ぎていくのを待った。

「ルーシア、こちらを向いて」

　必死で堪え忍んでいたルーシアは、彼の声にハッと我に返って飛び起きる。

　身につけているのはキャミソールとドロワーズだけだ。手袋も靴も靴下も気がつけばすっかり脱がされ、あられもない格好にされていた。

「いやっ……」

　咄嗟に両手で膝を抱え込んで顔を伏せると、長い金色の髪がふわりと小さな身体を包み込んだ。

その体勢になれば当然、アイザックの姿は目に入らない。けれど、彼の視線を身体のそこかしこに感じている。

男性に下着姿を見られるのは初めてだ。父親にすら見せたことがない姿を、彼の目に晒していると思うと、消えてなくなりたい気分だった。

「ルーシア……」

彼の声がすぐ近くに聞こえ、全身に震えが走る。

怖くて顔を上げることができない。このままやり過ごせるわけがないとわかっているのに、聞こえないふりをした。

「伯爵令嬢だった君は、本来ならば伯爵もしくはそれ以上の貴族に嫁ぐはずだった。それなのに、こうして今、僕に組み敷かれようとしている。どんな気分だい？」

あごに手を添えてきたアイザックに顔を上向かされ、ルーシアは震えながら上目遣いで見つめる。

舞踏会で初めて会ったあの日も、彼は身分の違いを口にした。けれど、自分は気にしていないと、その場ではっきりと伝えたはずだ。それなのになぜ――。

「なるほど、答えたくもないいか」

困惑して黙りこんでいたルーシアを見て、アイザックが不愉快そうに口角を下げる。そしていきなり押し倒され、仰向けになった身体を跨がれてしまう。

両の腿に彼の体重がかかり、動きを封じられた恐怖に顔から血の気が引いていった。

「伯爵家という後ろ盾を失い、叔父君にすら見捨てられた君は、嫌でも僕に従属して生きていくしかない。服従を誓ったのだから、これからは僕の命令に背いてはいけないよ。僕が脚を開けと命じたら、どこにいようと黙って従うんだ、いいね？」

「お願い……酷いことだけはしないで……」

「酷いこと？」

小さく笑った彼が、両手をそっとルーシアのなだらかな下腹に乗せてくる。

瞬間、両の手で寝具を握り締め、腹筋に力を入れた。下腹はへこんだけれど、それで彼の手から逃れられるわけがない。

薄いキャミソール越しに触れてきた彼の手が、驚くほど熱く感じられる。

彼は次になにをするのだろうか。想像ができない怖さに、自然と身体が強ばっていく。

「酷いことなんてしないと約束するよ。貴族たる者は常に紳士であるべきだと僕は思っているからね」

言葉とは裏腹の射るような視線に震え上がったとたん、キャミソールの裾から彼が両の手を滑り込ませてきた。

「本当に……」

素肌を撫で上げてきた手で両の乳房を鷲掴みにされ、言葉が途切れてしまう。

乳房に感じる痛みと、向けられる激情に身が竦《すく》む。

いったいどうしてこんなことになってしまったのだろう。

（私がなにかしたの……？）

自分のせいでアイザックは変わってしまったのだろうか。どんな理由があって、彼はこんなことを自分に強いるのだろうか。それとも、舞踏会で出会った彼が紳士の仮面を被っていただけなのだろうか。

アイザックの豹変ぶりに恐怖を募らせていたルーシアは、鷲掴みにされた乳房を激しく揺さぶられて身を仰け反らせる。

「あっ……や……っ」

細い身体までが左右に揺れ動き、慌てて彼の腕を掴む。

「お願い……痛いから……」

ルーシアが涙ながらに懇願すると、小さく息を吐き出した彼が手の力を緩めた。

けれど、痛みが去って安堵したのもつかの間、胸の小さな突起を指先で挟み取られ、そこが甘く疼く。

「あぁ……」

「さすがに元は伯爵令嬢だけあって、喘ぎ声もお上品だ」

嘲笑うように言ったアイザックが、指先で小さな塊《かたまり》を弾いてきた。

酷い言いように涙が滲んできたのに、わずかな刺激で硬く凝ったそこから今度は強烈な痺れが湧き上がり、意図せず甘ったるい声がもれる。

「はっ……あぁ、ん……」

耳に届く自分の声に羞恥を煽られる。

嫌だと思っていながら、こんな声を出すなんて信じられない。

けれど、触れられたことで敏感になってしまったのか、指先で乳首を転がされたり押し潰されたりするたびに、抑えようのない甘声が唇の隙間からこぼれ落ちた。

「ん……ふっ……あぁ……」

小さな塊への執拗《しつよう》な愛撫に、どんどん身体の熱が高まっていく。

突起の先端から広がっていく痺れに、投げ出している手脚までが小刻みに震えだした。

「もっと声を聞かせてもらおうかな」

アイザックの声が遠ざかっていき、不安を覚えて頭を起こしたルーシアが潤んだ瞳を向けて見ると、キャミソールが首元まで捲り上げられていた。

ほんのりと赤く色づき、ツンと尖っている自分の乳首が目に入り、慌てて頭を寝具に落とす。

いつも見てきた自分の身体とはあきらかに違っている。豊かな乳房の先から突き出している乳首が、とてもいやらしく感じられた。

（こんなの私じゃないわ……）

服従するしかない状況だったから誓いの言葉を口にしたのであって、彼に身を任せるのは本意ではない。

それなのに、身体は彼の愛撫に反応してしまっている。己の意思とは裏腹に悦んでいる身体が恨めしくてしかたなかった。

「っ……」

胸の突起をいきなりペロリと舐められ、息を呑んで肩を窄める。

濡れた舌の感覚は指とは比べものにならないくらい気持ちよく、甘さを含んだこそばゆい痺れに全身が細波《さざなみ》立つようだった。

「あふっ」

音が立つほどに小さな塊を吸われ、さらに甘噛みされ、一ヶ所で炸裂する快感にルーシアは我を忘れて身悶える。

荒っぽい真似をされたのは最初だけで、そのあとアイザックは痛みを与えてくることもない。

心でどれほど嫌だと思っても、丹念で優しい愛撫に体温は上がっていくばかりで、内側から蕩けていきそうだ。

「君は由緒正しき伯爵家の令嬢だったのだから、もちろん清らかなままだよね？」

再び耳の近くに舞い戻ってきた彼の声に、ルーシアは無意識にうっとりと閉じていた目を静かに開ける。

「ここは穢《けが》れていないんだろう？」

息も触れそうな近くから瞳を覗き込んできた彼が、下腹に置いていた手をドロワーズの合わせ目へと滑り落としてきた。

一瞬にして身体が氷のように凍《い》てつく。ドロワーズは秘所を覆い隠してはいるが、合わせ目は布が重なっているだけで縫われていない。

伯爵令嬢としてきちんとした教育を受けてきただけでなく、女友達との会話からさまざまなことを学んできたから、男女の営みにおいて秘所がどのような役割を果たすかを知っている。

不浄の場所であると同時に神聖な場所であり、なおかつ快楽を得る場所でもあるのだ。

そこに、アイザックは触れてこようとしている。

彼のために純潔を守ってきたけれど、今は彼に触れられることすら躊躇いがあり、ルーシアはじっとしていられなくなる。

「いや……」

咄嗟に拒絶の声をあげ、ドロワーズの合わせ目から指を忍び込ませようとしている彼の腕をきつく摑んだ。

「君に悦びを教えてあげるだけだから、そんな顔をしないで」

顔を寄せてきたアイザックに驚くほど優しい声で囁かれ、ルーシアは激しく戸惑う。甘い響きを持つ優しい声音は、舞踏会で胸をときめかせたときと同じだ。それなのに、アイザック自身はまったくの別人になってしまっている。

(目を瞑っていれば……)

アイザックの声だけを聞いていれば、恐怖から逃れられそうな気がしたルーシアは、硬く目を閉じて彼から手を離した。

少しのあいだ我慢すればいいだけだ。そうすれば、妹はこれからも療養所で過ごすことができる。とにかく療養所の費用を工面してもらうことが先決なのだ。

「観念したのかい？　いい子だね」

満足そうな甘声に耳をくすぐられ、目を閉じたままこそばゆさに肩を窄める。

「あっ」

ドロワーズの上から柔らかな茂みを撫でられ、下腹がヒクリと動く。

薄い布越しに掌の温もりが伝わってくる。下腹全体に温かさが広がっていくのは、とても不思議な感覚だった。

「んっ……」

茂みの上を彷徨《さまよ》っていた手が太腿のあいだに滑り落ち、ドロワーズの合わせ目を掻き分けてくる。

自分でも触れたことがない場所をまさぐられ、ルーシアは唇を嚙みしめた。

「震えているね。怖いのかな？」

頰に軽くくちづけてきたアイザックに片腕で抱き寄せられ、乱れた金の髪をそっと撫でられる。

優しい扱いに恐怖が薄れていく。目を閉じて胸に抱かれていると、安堵感を覚えた。

彼の態度がこのまま変わらなければ、最後まで堪え忍ぶことができるかもしれない。そんな気持ちにすらなってきた。

「っ……」

ドロワーズに隠されていた秘めた場所を、ついに彼の指先に捕らえられる。

反射的に両の太腿をきつく締めつけたけれど、さしたる抵抗にもならなかった。

指先は重なり合った花唇をかすめ、柔らかな茂みへと向かい、花芽のような小さい突起の上でピタリと止まった。

「んふっ」

触れられたとたんに広がったのは、かつて味わったことのない甘酸っぱい痺れだ。

それは、けっして嫌な感覚ではなく、自然と脱力してしまうような心地よさがあった。

これが快感というものなのだろうか。指先が触れただけで気持ちよく感じてしまったのが信じられず、わけのわからない羞恥に囚われる。

「無垢なだけあって、ここが感じやすいようだね」

場所を知らしめるかのように指先で花芽を叩かれ、またしても蕩けるような痺れが駆け抜けていく。

「あぁ……」

思わずもれた声は、自分でも驚くほど甘ったるく、恥ずかしくて耳を塞ぎたくなった。

アイザックにはいやらしい声を聞かれたくないし、乱れた姿を見られたくない。それでも、彼の腕から逃れることはできないのだから、感じてしまわないよう意識を他に向けるしかなさそうだった。

「いい声だ」

楽しそうに言って耳たぶを甘噛みしてきた彼が、花芽の上で指先をツッと滑らせる。なにかを捲り上げるような指の動きに眉根を寄せた瞬間、痛みにも似た強烈な痺れが花芽で弾け、ルーシアは大きく腰を跳ね上げた。

「やっ……あああぁ……」

痛みを覚えた気がしたのに、全身が甘く痺れ、花芽が熱っぽく疼いている。

「うっとりした顔をして、そんなに気持ちがいいのかい？」

アイザックの言葉に羞恥を煽られ、甘声がもれる唇をきつく噛む。けれど、それもほんの一時しか続かない。彼が剝《む》き出しにした花芽を指先で撫で回し始めたのだ。

「ああぁ……ああ……」

一方的に辱められているというのに、彼の腕から逃れたいという気持ちが失せてきているばかりか、下肢全体に広がっていく心地よい痺れに浸《ひた》りたくなっている。

彼によって初めて教えられた快感に溺れそうな自分が嫌でしかたないけれど、花芽は触れられることを望んでいるかのように疼いていた。

「こうされるのが気に入ったみたいだね」

小さく笑ったアイザックが、執拗に花芽を嬲《なぶ》ってくる。

ひっきりなしに湧き上がってくる蕩《とろ》けるような痺れに、知らぬ間に腰が揺らめいていた。

「あっ……ん、ふっ……んん……」

妖しく身をくねらせるルーシアの脱力した脚が、だらしなく広がっていく。

全身をくまなく満たしていく快感があまりにも気持ちよく、すべての意識が弄ばれている花芽に向かう。

「こちらがどうなっているか確かめてみよう」

アイザックの声が耳に届いてくると同時に、花芽からずらした指先で重なり合う花唇を掻き分けられ、そこがクチュリと音を立てる。その音にルーシアはハッと我に返って目を開ける。

「いい感じに濡れているな」

真っ直ぐにこちらを見つめている彼がほくそ笑む。

彼の指先が捕らえているのは、まさに男女が繋がり合う場所だ。

（いや……こんなのはいや……）

声に出して言えない拒絶の言葉を、ルーシアは泣きながら飲み下す。

アイザックが花唇に指先を添えたまま、無言でこちらの顔を覗き込んできた。

涙に瞳が滲んでいるせいなのか、彼が困惑しているように見える。

彼がなにを考えているのか知りたい。黙っていないで、なにか言ってほしい。長く続く沈黙が苦痛にすら感じられる。

「じっくり楽しませてあげようと思っていたんだけど、そんな余裕もなくなってきたよ」

アイザックはそう言うなりズボンの前を寛げてベッドに寝そべると、ルーシアを背中越しに抱きしめてきた。

「あっ……」

片手で豊かな乳房を鷲掴みにされ、ちょっとした痛みに肩を震わせる。

彼はなにをするつもりなのだろう。そんなことをふと思った瞬間、閉じている脚のあいだになにかが押し込まれた。

それはドロワーズの合わせ目を越え、直《じか》に秘所に触れてくる。ぴったりと花唇に密着したのは、熱く脈打つ塊だった。

見えないけれど、それがアイザック自身であろうことは容易に想像がついた。

秘所に伝わってくる脈動を生々しく感じたルーシアは、逃げ出したい衝動を必死に抑え込み、避けて通れない道なのだと覚悟を決める。

「ひっ……」

だが熱を帯びた先端で花唇を何度か擦られると、覚悟を決めたにもかかわらず逃げ腰になってしまう。

「服従の誓いを忘れたのかい？」

耳元で低く囁かれ、戦慄《せんりつ》を覚えたルーシアはすぐに抵抗をやめる。

ひとり寂しく療養所で暮らしてきた妹に、これ以上、辛い思いをさせたくはなかった。妹を守ってやれるのは、姉の自分しかいない。だからこそ、姉としてできることをしなければ、きっと後悔するだろう。

（身体を繋げるだけのことよ……）

自分に言い聞かせてみるけれど、身体のそこかしこが震えていた。

望まない行為に、いつまで経っても恐怖は消えない。それに、破瓜《はか》には痛みを伴うと聞いているから、なおさら怖かった。

「君は抗いが許されない立場にあるのだから、そうやっていつもおとなしくしているんだよ」

静かな口調で言い聞かしてきたアイザックが、再び花唇に密着させている自身を前後に動かし始める。

「ひゃっ……」

彼は己自身を秘所に這わせてくるばかりだ。即座に貫いてくるだろうと身構えていたルーシアは、いっこうに訪れない破瓜の痛みにわずかながらも力が抜けた。

「ぅふ……」

知らぬ間に花唇の奥から溢れてきた蜜が彼自身に纏わりつき、どんどん滑りがよくなっていく。

「はっ……あぁぁ」

滑りのよくなった彼自身の先端部分が、まだ疼きが残っている花芽を押し上げながら通り越していく。

過敏になっている花芽の頂点を擦られ、駆け抜けていった痺れに全身が粟立ち、彼自身の熱に煽られたかのようにルーシアの体温が上がった。

「ひっ……」

アイザックが腰を前後に揺らし始め、湧き上がってくる強烈な快感に身悶える。

彼が腰を引くと同時に、先端部分のくびれが花芽を擦っていく。包皮を捲られて露わになっている花芽の頂点を刺激されると、得も言われぬ快感が広がった。

片手に収めた乳房を揉まれ、花唇と花芽を灼熱の塊と化した彼自身で往復され、全身が甘い痺れに包まれていく。

「どんどん濡れてくるね。肌着までびしょ濡れだ」

首をかすめていく彼の吐息がやけに熱くて、それにすら震えが走った。

「あんっ……ふっ……」

彼自身で花唇を擦られるたびに、粘着質な音が聞こえてくる。

それは紛れもなく、ルーシアの最奥から溢れ出してきた蜜が立てる音だ。

「んっ、やぁ……」

たっぷりの蜜に濡れた先端で擦られる花芽が、痛いほどに疼いている。

いったい、いつまで彼はこうしているつもりなのだろうか。早く身体を繋げて終わりにしてほしい。

いっこうに貫いてくる気配を見せないアイザックに、疑念を抱き始めたそのとき、ふとありえない感覚に気づいたルーシアはにわかに慌てる。

(嘘よ……どうしてこんなときに……)

花芽を執拗に刺激されたせいか、急にもよおしてきたのだ。

だがこの状況で用を足しに行きたいと言えるわけがなく、下腹に力を入れて必死に堪《こら》える。

「はふっ……」

ルーシアがそうした状態に陥っていることなど彼は知る由もなく、にわかに腰の動きを速めてきた。

一気に花芽の疼きが大きくなり、それに伴って下腹の奥で渦巻く嫌な感覚も高まっていく。このままでは、間違いなく粗相《そそう》をしてしまう。

快感に喘ぎながらそんなことをしてしまったら、もう恥ずかしくてアイザックに合わせる顔がない。

どうにか回避しなければと懸命に考えを巡らせるけれど、途切れることなく湧き上がってくる快感と、迫り来る下腹の圧迫感に頭が思うように回らなかった。

「お願い……ギャロウェイ子爵……お願いですから、もう……」

限界を超えそうになっているルーシアが必死の形相で振り返ると、頬を紅潮させている彼がわずかに眉根を寄せた。

「誓いを破るつもりかい？」

「そうではなくて……私……」

大きく頭を振って否定する。

どう言えば彼に伝わるだろうか。言葉を選んでいる場合ではないのだとわかっているけれど、ありのままを口にするには躊躇いがあった。

「こうされるのがいやなのかな?」

悪戯《いたずら》に腰を揺すられ、花芽で弾けた強烈な快感に下腹から力が抜けてしまう。

「は……ああっ……やめて……もれてしまう……」

「そんなことを気にしていたのかい?」

恥を忍んで訴えたのに、あろうことか彼は笑って言い返してきた。

それればかりか、乳房を摑む手を下腹に滑り落としてくると、ドロワーズ越しに疼いてしかたない花芽に触れられ、もう一秒たりとも我慢できそうにないところまで追い詰められてしまう。

「本当に君は穢れを知らないんだね」

布越しに触れてきている指で、疼きっぱなしの花芽をひっかいてくる。さらには蜜に濡れた灼熱の塊で直に花唇を擦られ、ルーシアは下腹で渦巻いている感覚がなんであったかすらわからなくなってきた。

「あっ……いや……お願……い」

「切羽詰まった君の声をもっと聞きたい」

「どうして……」

このままでは本当にもらしてしまう。一刻も早く彼から逃れなければと、震える手で寝具を摑んで身を捩る。

けれど、片腕にしっかりと抱き込まれていたのでは、無駄な抵抗にしかならない。

「やっ……も……許し……て」

溢れかえる快感と、下腹の奥から押し寄せてくる抗い難い圧迫感に、ルーシアはついに屈する。

「いやぁ――――――っ」

羞恥から咄嗟に両手で顔を覆ったとたん、花芽でなにかが弾けた。と同時に、強烈な解放感が訪れ、全身が心地よい痺れに満たされていった。

「ルーシア」

熱い吐息混じりの声をもらしてルーシアの肩にあごを乗せてきたアイザックが、にわかにきつく抱きしめてくる。

脱力しきっているルーシアは、彼の腕の中でただただ荒い呼吸を繰り返していた。

「んっ」

いきなり息んだ彼が、おもむろに腰を引く。

気怠《けだる》い解放感に身を委ねてしまっているルーシアは、今、なにが起きているのかもわからない。

「はぁ」

アイザックが深い吐息をもらし、抱きしめている腕を解いた。

背後で彼が動く気配を感じたけれど、ルーシアには動く気力すらない。柔らかな寝具に脱力した身体が沈み込んだ。

こんなふうに、頭が真っ白になってしまうほどの解放感を味わったことがない。

ぐったりと横たわっているルーシアは、とろんとした瞳で空を見つめながら、甘い痺れの余韻に浸っていた。

「ルーシア、大丈夫かい？」

鮮明に聞こえてきたアイザックの声にハッと我に返り、慌ただしく身体を起こす。

彼はすぐ脇で片膝を立てて座っている。シャツの襟元がわずかに乱れているだけで、他はきちんと整っていた。

長い指先で額にかかる前髪をかき上げている彼は、まるでなにごともなかったような顔をしてこちらを見つめている。

「あっ……」

ふと己に目を向けたルーシアは、あられもない姿に気怠さも一瞬にして吹き飛んだ。

捲《めく》れ上がっているキャミソールをあたふたと整え、ずり上がっているドロワーズの裾を引っ張り、その場に居住まいを正して項垂れた。

彼の顔をまともに見ることができない。下着姿でいることが恥ずかしいのはもちろんだけれど、それ以上に彼の前で粗相してしまったのが恥ずかしくて、瞳が涙に濡れてくる。

「も……申し訳ありません」

今すぐにでも浴室に駆け込みたい衝動を抑え込み、とにかく詫びなければと深く頭を下げる。

「赤子のようにおもらしをしたとでも思っているのか？」

さもおかしそうに笑われ、恐る恐るドロワーズに覆われた下腹に手をあててみた。

我慢の限界を超えて解き放ってしまったはずなのに、ドロワーズはかすかに湿っているだけで、水分を吸っているようには感じられない。

あの堪えがたいほどの圧迫感は、もよおしてきたからではなかったのだろうか。自分の身体のことなのに、どうなっているのかさっぱりわからなかった。

「君は生まれて初めての絶頂を味わったんだよ」

相変わらず笑っているアイザックを、ルーシアは上目遣いで見返す。

「絶頂……？」

取り上げ、こちらに向き直ってくる。

「絶頂の兆《きざ》しが訪れてきたのを、君はもよおしてきたと勘違いしただけだ」

そう言いながらベッドを下りて長椅子に向かった彼が、背もたれからフロックコートを取り上げ、こちらに向き直ってくる。

「あとで君の世話をするメイドを寄こすから、湯に浸《つ》かって身体を休めるといい」

彼はフロックコートを腕に引っかけて背を向けると、扉に向かって歩き出した。

ひとり残されたルーシアは、困惑も露わな顔で彼を呼び止める。

「ギャロウェイ子爵……あの、私は……」

足を止めて振り返ってきた彼が、穏やかな笑みを向けてきた。

こんなにも魅力的な微笑みを浮かべられる人が、酷いことをしたなんて信じられない。

つい先ほどの出来事は実際に自分の身に起きたことなのに、悪い夢を見ていたように思えてしまう。

「これまでどおりの暮らしを約束したはずだ。僕がいないときは好きに過ごしてかまわないよ。ああそうだ、夕食は八時からと決まっている。迎えに来るから、それまでに身支度をすませておいてくれるね？」

「はい……」

素直にうなずき返すと、アイザックは静かな足取りで部屋を後にした。

今の彼は表情ばかりか声音までもが柔らかだ。だからこそ逆に不安を覚えてしまう。優しさの裏にはなにかあると、勘ぐってしまうのだ。

「ふぅ……」

彼の姿が扉の向こうに消えるのを見届けてため息をもらしたルーシアは、疲れ切っている身体をそっとベッドに横たえる。

酷く長い時間が過ぎていったように感じられるが、まだ日も変わっていない。いちにちのうちに、あまりにもいろいろなことがありすぎて思考がまとまらないでいる。

両親と兄を天国へと見送ったのは今朝のことだ。その悲しみの涙も乾かぬうちに、後ろ盾も財産もすべて失ったのだと叔父から宣告され、さらには二年ぶりに再会を果たしたアイザックから理不尽な服従を誓わされた。

家族を失ったうえに、無一文で屋敷を放り出された悲しみは大きい。けれど、なによりも悲しいのはアイザックの変貌ぶりだ。

とにかく妹を守りたい思いから服従を誓ったけれど、忘れられずにいた彼にこの先ずっと虐《しいた》げられるのかと思うと胸が痛む。

「再会などしなければよかった……」

不意に溢れてきた涙を無造作に指先で拭い、ころんと横向きに寝返りを打って両の膝を抱え込む。

アイザックが初めて会ったころのままであったなら、こんなにも辛くて苦しい思いはしていない。

妻として迎えてくれたなら、どれほど嬉しかっただろうか。けれど、現実はそれほど甘くはないのものだと思い知らされた。別人のようになってしまった彼には、できれば会いたくなかった。

それでも、彼がいてくれたからこそ、妹の心配をしなくてもよくなったのだし、これまでどおり柔らかな寝具に包まれて眠ることができる。

「結局私は彼に従うしかないのね……」

自らを嘲笑うようにつぶやきをもらした。

そう言い聞かせることでしか、今の状況を受け入れられそうになかったのだ。

「はぁ……」

身体を洗って着替えたいのに、なにもする気が起きてこない。

辛いことの連続に、心も身体も疲れ切ってしまっているルーシアは、少しだけ休むつもりで静かに目を閉じていた。

第三章

「ルーシアさま、ルーシアさま」

　遠くから聞こえてくる若い女性の呼び声に、深い眠りに落ちていたルーシアは現実へと引き戻された。

「う……ん……」

「ルーシアさま、起きてくださいませ」

　さらなる呼びかけに重い瞼を上げてみると、黒いドレスにフリルのついたエプロンをして、白いキャップを被ったメイドのジョディが、ベッドの脇に立ってこちらを見下ろしている。

　彼女の横には銀色のワゴンがあり、可憐な小花を散らした陶器のティーセットが載っていた。

「朝でございますよ」

にこやかに言ったジョディが、ベッド脇を離れて窓へと向かう。

アーチ状に象《かたど》られた窓には、目にも鮮やかな青い布地に金糸で贅沢に刺繍を施したカーテンが掛けられている。

彼女がカーテンを勢いよく開けると、驚いたことにガラス窓の向こうには青空が広がっていた。

「うそっ……」

ベッドに横たわったまま彼女の姿を目で追っていたルーシアは、青々とした空を見て飛び起きる。

さらには、自分が薄いシフォンで仕立てた夜着を着ていることに気づいて愕然とした。

「どうして？」

必死に記憶を遡る。

夕食の時間に迎えに来ると言い残してアイザックが部屋を出たあと、しばらくしてジョディが姿を見せた。ギャロウェイ子爵家で働き始めたばかりだという彼女はルーシアと同年齢で、明るい笑顔にすぐに親しみを覚えた。

アイザックの愛人として屋敷に留まることを、使用人たちが知っているかどうかは不明だった。

けれど、由緒正しき伯爵家に生まれ育ったルーシアは、使用人たちがたとえ知っていても素知らぬふりをするとわかっていたこともあり、ギャロウェイ子爵家の客人として振舞うことに決めた。

さっそくジョディの手を借りて入浴をすませ、いつアイザックが迎えに来ても大丈夫なように、夕食の席に相応しいドレスを選んで身仕舞いをしてもらったのだ。

そこまではっきりと覚えている。それなのに、彼と夕食をとった記憶がなかった。そのうえ、ドレスではなく夜着を纏い、結い上げたはずの髪を下ろしている。

なぜ記憶が飛んでしまっているのだろうか。身仕舞いを終えたあとの自分は、いったいどうなってしまったのだろうか。

「八時に旦那さまがこちらにおいでになるそうです」

そう言いながらこちらに戻ってきたジョディが、ワゴンからポットを取り上げてティーカップに紅茶を注ぎ、小さな銀の盆に載せてルーシアに差し出してくる。

「八時？」

ソーサーごとティーカップを取り上げ、ベッド脇の小さなテーブルに目を向けた。

そこに置かれている洒落《しゃれ》た置き時計の針は、まもなく七時を指そうとしている。

「あと一時間……」

アイザックが来るまでに残された時間は少ない。

そそくさとソーサーを盆に戻したルーシアは、上掛けを捲ってベッドの端に腰かけ、床に揃えられている室内履きに足を入れる。

「あっ……」

時間がないことに慌ててしまい、記憶が途切れているあいだになにがあったのかを聞き忘れていたことを、自分が纏っている夜着を目にしてふと思い出す。

「ジョディ、私はいつ着替えてベッドに入ったのかしら？」

ベッドに腰かけたまま訊ねると、ワゴンの上にあるティーセットを整えていたジョディがこちらを振り返ってきた。

「昨晩のルーシアさまは、旦那さまを待たれているあいだに、そのまま寝てしまわれたんです」

「えっ？」

まったく思い出すことができない。

ドレスに着替えはしたものの、再びアイザックになにかされるのではないかという恐怖が募り、いたたまれないほどの緊張感に包まれていたのは覚えている。

できることならば、彼に会いたくない。急な用事ができて、外出してくれたらいいのにと、そんなことばかり考えているあたりまでは記憶に残っていた。

「旦那さまがいらしたときには、すっかり眠っていらっしゃっていて、起こすのが可哀想だからと、旦那さまに手伝っていただいてお召し替えをいたしました」

「アイ……ギャロウェイ子爵が着替えを手伝ってくださったの？」

「はい。眠っていらっしゃるルーシアさまのお着替えは、私ひとりではとても手に負えなかったものですから」

「そんなことが……」

ジョディの説明を聞いたルーシアは、小さく息を吐き出して肩を落とした。

昨日はあまりにもいろいろなことがありすぎて、心身ともに疲労困憊の状態にあったのだろう。

そうでなければ、脱ぎ着するのがたいそう面倒なドレスから夜着に着替えさせられているあいだに、一度も目を覚まさないはずがない。

食事もとらずに朝までひたすら眠り続けていたのかと思うと、自分のことながら呆れてしまう。と同時に、アイザックのことが気になってきた。

彼と交わした契約によって、これまでどおりの生活が約束されたとはいえ、立場的には奴隷のようなものだ。

夕食の時間に合わせて迎えに来てくれた彼は、眠りこけている姿を見てどう思っただろうか。機嫌を損ねたのではないかと心配になる。

「ギャロウェイ子爵は怒っていらっしゃらなかった?」

「いくらお声をかけても目覚められないルーシアさまを、微笑ましげに見ておられていましたよ。それに、お召し替えを手伝ってくださっている旦那さまは、なんだかとても楽しそうでした」

昨晩のことを思い出して小さく笑ったジョディが、こちらの視線を感じるや否や、慌てて口元を引き締めた。

「そう……」

彼女から聞かされたアイザックの様子は想像とは異なっていて、ルーシアはほっとした。服従を誓わされたのだから、寝ていることに腹を立てた彼に無理やり起こされてもおかしくない。

だから彼が着替えに手を貸したばかりか、楽しそうだったと言われても、にわかには信じられなかった。

とはいえ、嘘をついたところでジョディにはなにも利点がないのだから、言葉どおりなのだろう。

昨日の彼はルーシアの知らない獰猛《どうもう》な雰囲気を纏っていた。けれど、そこに優しさが垣間見えてしまうから、彼の本性が見定められない。

　手紙の一通も送ってくれることなく、二年の時を経て再会した彼は、変わらない笑顔で声をかけてくれたけれど、その裏にはルーシアにあんなことをするだけの屈折した思いを隠していた。

（わたしは憎まれているのかしら……）

だとしたら、なぜ憎まれているのかを知りたい。ささやかな誤解から生まれた恨みの可能性もあり、二人の関係が修復できるかもしれないのだ。

けれど、そう思ういっぽうで、知りたくない気持ちもあった。修復など不可能なほど強い憎しみであったならば、今以上に彼のそばにいるのが辛くなりそうな気がするからだ。

「ルーシアさま、どちらのドレスをお召しになりますか？」

　ジョディの問いかけにふと我に返り、静かにベッドから腰を上げる。

　リーガーデン・ハウスから持ち出してきたドレスは六着で、そのうちの半分がデイ・ドレスだ。

　朝食の席に相応しいのは清楚なデイ・ドレスであり、できるだけ明るい色合いのものを選ぶ。

「ピンク色のレースがついたデイ・ドレスをお願いしてもいい？」

「かしこまりました」

恭しく頭を下げたジョディが、身仕舞い用の小部屋に向かう。

身内を失ったばかりであり、本来は黒いドレスで喪に服さなければならない。けれど、ルーシアは昨晩も夕食の席に着くために艶やかなドレスを選んで身につけていた。

アイザックから強要されたわけではない。彼はドレスについて、ひと言も触れてきていなかった。

だが言及はしてこなくても、愛人が喪服に身を包んでいたのでは、彼がよい気分でいられないことくらいはわかる。

だから、彼の愛人になることを承諾して服従を誓った以上は、それらしい身なりをするべきだと考えたのだ。

「ルーシアさま、お顔を洗われましたら、こちらへどうぞ」

「すぐに行くわ」

小部屋に向けて返事をしたルーシアは、部屋の片隅に置かれている横長の机に急ぎ足で向かう。

青を基調にした更紗《さらさ》織りが掛けられた机には、ぬるま湯が張られた洗面器と、清潔なタオルが置いてある。洗顔のためにジョディが用意してくれたものだ。

伯爵家で育ってきたルーシアは、ここでの暮らしにも戸惑うことはなく、これまでそうしてきたように、朝の支度を始めていた。

＊＊＊＊＊

可愛らしいピンク色のデイ・ドレスに身を包んだルーシアは、小部屋の片隅に置かれた大きな鏡を前に、楕円の背もたれがついた猫脚の贅沢な椅子に座り、ジョディに髪の手入れをしてもらっていた。

鏡には見慣れた自分の姿が映し出されている。シフォンのフリルが、襟、袖、裾にたっぷりとあしらわれたドレスは、腕の立つ職人によって仕立てられた、お気に入りの一着だ。

上品で清楚な雰囲気を醸すドレスを纏った姿は、いかにも由緒正しき貴族の娘らしい。

一夜にしてすべてを失ってしまったけれど、ルーシア自身の持って生まれた気品は変わらず残っていた。

「鏡越しに訊ねてきた。」

「御髪《おぐし》はどうなされます」

長い金色の髪を丁寧に梳いていたジョディが、ブラシを持つ手を下ろし、鏡越しに訊ねてきた。

「上のほうを少し纏めて、後ろは下ろしたままでいいわ」

「かしこまりました」

身振りを加えて指示をすると、笑顔でうなずき返してきた彼女がさっそく髪を纏め始める。

髪に触れてくる優しい手の感触に、ルーシアはふと、今は亡き母親を思い出していた。

貴族の子供たちは、社交界にデビューするまで子供部屋で過ごしているため、両親と接する機会が少ない。

けれど、ルーシアの母親は娘をかまうのが好きだった。自室に入れることを厭わないばかりか、鏡の前に座らせて豊かに波打つ金色の髪を、柔らかな毛のブラシでよく梳《す》いてくれたのだ。

母と娘だけで過ごすささやかなひとときに、父親との出会いから、結婚して出産にいたる話も聞かされた。

母親はことあるごとに「目が合った瞬間に惹かれ合う殿方と、必ず出会うはずよ。その殿方があなたの運命の相手だということを、けっして忘れないでいてね」とルーシアに言っていた。

　アイザックと出会った瞬間に胸が高鳴るのを感じ、この人が運命の相手だと確信したのは、母親の教えを忘れずにいたからこそだ。

「でも違っていた……」

「なにか？」

　ふと聞こえてきたジョディの声に、物思いに耽っていたルーシアはハッと我に返って笑みを浮かべる。

「なんでもないわ」

「おリボンを結びましょうか？」

「ええ、お願い」

　にこやかに答えると、彼女が耳の上で纏めた髪にドレスと同じピンク色のリボンを結んでくれた。

「ありがとう」

　鏡越しにジョディに礼を言ったルーシアは、そこにアイザックの姿が映り込んでいることに気づいて息を呑む。

　柔らかな栗色の髪を丁寧に整えている彼は、黒いラウンジスーツの中は白いシャツで、首に薄紫色のクラヴァットを巻いている。手袋はしていなかったけれど、その姿には一分の隙もなかった。

「ルーシア、ようやく目が覚めたようだね」

彼がこちらに向かって歩いてくる。

断りもなく部屋に入ってきた彼に驚いた。けれど、考えてみれば愛人の部屋に入るのに許可など必要ないのだ。

自分は彼に抗えない立場にあるだけでなく、この屋敷では自由もないのだと思い知らされた。

「下がりなさい」

脇に避《よ》けていたジョディが、アイザックから命じられるや否や、一礼して部屋を出て行く。

窓もない小部屋で彼と二人きりになったとたん、ただならない緊張が走ったルーシアは急いで椅子から立ち上がる。

「昨晩は申し訳ありませんでした。ここは狭いですから……」

詫びるとともにさりげなく小部屋の外へと促すと、彼はなにを言うでもなく背を向けて広い部屋に戻っていった。

「今日はよく晴れているよ」

アイザックがベッドを横切り、カーテンが大きく開けられた窓へと足を進める。

彼のそばに行くべきかどうかを迷った末に、ルーシアは部屋の中央で足を止めた。

迎えに来てくれたのだから、すぐに部屋を出て朝食室に向かうつもりでいるのだろう。ならばここで待っていればいいと、そう思ったのだ。

「来てごらん」

こちらを振り返ってきた彼に手招かれたけれど、昨日、淫らな姿を晒してしまった恥ずかしさと、なにを命じられるかわからない恐怖に、足が竦んでしまって動けない。

「どうしたの？」

口調は柔らかだけれど、その表情はかなり訝しげで、まだ手袋を嵌めていない手をキュッと握り締めたルーシアは、意を決して彼に歩み寄っていく。

「昨日の君はあまりにもよく眠っていたから、眠り姫のようにこのまま目覚めなかったらどうしようかと心配していたんだよ」

隣に立ったルーシアの肩に、彼がさりげなく腕を回してくる。

向けられる瞳も声音も優しいのに、抱き寄せられただけで身体が震え出す。

「ご迷惑をかけてしまって申し訳ありません……」

肩を窄め、軽く項垂れる。

二人きりでいると、羞恥、恐怖、不安がない交ぜになり、息が詰まりそうだ。

他に人がいる場所ならば、少しは気持ちも楽になるに違いない。早くこの部屋を出たいと、そればかりを考えてしまう。

「そうだね、君は僕に迷惑をかけた。だから、悪い子にはお仕置きしなければいけない」

耳を疑う言葉に、俯いていたルーシアはパッと顔を起こす。

「当然のことだろう？」

にやりと笑ったアイザックに肩を摑まれ、身体の向きを変えられる。

「さあ、ドレスの裾を捲ってお尻を出してごらん」

背後から命じてきた彼を、咄嗟に振り返った。

悪さをした幼い子供は、容赦なく尻を叩かれる。子どものいる家ではそうした躾が当たり前になっていて、誰もが一度や二度は経験ずみだ。

とはいえ、ルーシアは尻を叩かれなければ善し悪しの判断がつかない年齢はとうに超えている。

迷惑をかけてしまって申し訳ないと思ったから、素直に詫びの言葉を口にした。それなのに、仕置きをされるのは納得がいかない。

ましてや、実の親でもないアイザックに尻を叩かれるなんて、とても堪えられそうになかった。

「いや……、そんなことしたくない……」

拒絶の声をあげたとたん、彼が唇の端をクッと引き上げ、ルーシアは口答えしたことを後悔する。

「一夜明けたら、誓いを立てたことなど忘れてしまったのかな？　僕の援助がなければ妹さんは療養所にいられなくなるし、君だってここを追い出されたらその日の暮らしにも困ってしまうんだよ？」

声は変わらず穏やかで優しかったけれど、真っ直ぐに見つめてくる茶色の瞳には仄暗い炎が宿っていた。

自分はもとより妹も、彼がいなければ生きていくことができない。自分たち姉妹にとって、彼は失えない存在なのだ。

どれほど屈辱的な命令を下されても、逆らってはいけない。彼の言葉のすべてに従わなければいけないのだ。

「私は……」

涙が溢れそうな瞳で彼を見上げ、それから窓に向き直る。

男性の前で自らドレスを捲り上げたことなどあるはずもなく、なかなか手を添えることができない。

「言うことが聞けないのなら……」

「待って」

このままアイザックに見捨てられてしまいそうな恐怖に怯え、ルーシアはそろそろと両手で摑んだドレスを引き上げていった。

ドロワーズの裾が現れ、間もなくして尻を通り越したドレスの裾が腰に到達する。

「お尻をこちらに」

背に手を当ててきた彼に促され、前屈みになって尻を突き出す。

そこはドロワーズに覆われている。それでも、男性に尻を向ける恥ずかしさに、一気に溢れてきた涙がポタポタと床に落ちていった。

「悪い子にはお仕置きをする決まりだけど、大人の仲間入りをしている君のお尻を叩くのはさすがに可哀想だね」

背中越しに聞こえてきたその言葉に、ルーシアは胸を撫で下ろす。

けれど、彼は気が変わったわけでなかったのだと、すぐに思い知らされる。

脚のあいだに後ろから手を差し入れてきた彼が、ドロワーズ越しに花芽を摘まんできたのだ。

「ひっ……」

引き攣った声がもれると同時に膝がカクンとなり、その場に頽れそうになった。

「おっと……」

咄嗟に片腕を腹に回してきた彼に、身体を支えられる。

「これはお仕置きなのに、感じやすいにもほどがあるよ」

笑いながら言い放った彼が、片腕で腹を抱え込んできたまま、指先で捕らえている花芽を弄り始めた。

「やっ……あああぁ……」

薄い布の上から花芽を指先で引っかかれ、ときにきつく摘まみ上げられ、下肢に甘い痺れが生じていく。

腹を抱え込まれていても、快感に打ち震える身体が揺れ動いてしまい、ルーシアはドレスから手を離して窓枠に縋った。

「そんなにお尻を突き出して、まるでねだっているみたいだ」

耳をかすめていった嘲笑うような声に、手を伸ばして窓枠を摑んだことで、より身体が前傾してしまったらしいと気づいたけれど、花芽を弄られ続けているから体勢を立て直すこともできない。

「ふっ……んんっ、ん……」

本当は感じたくないのに、花芽から快感が溢れてくる。

それればかりか、薄い布を挟んでの愛撫がもどかしくてたまらず、早く直に触れてほしいとすら思ってしまう。

「ルーシア、そんなに甘い声で僕をそそらないで」

首筋に唇を押しつけてきた彼が、音を立てながら柔肌を吸い上げてくる。

吸われた肌から広がる甘い痺れが、花芽で弾ける快感を増幅させていく。大きくなった痺れは全身をくまなく満たしていき、窓枠を摑む指先までが震え始めた。

「は……ぁ……あっ……」

抑えようのない喘ぎが、ひっきりなしに唇からこぼれ落ちる。

たった一度しか味わっていないのに、昇り詰める瞬間の心地よさを覚えてしまった身体が、勝手に快楽に溺れていった。

「やっ」

花唇の奥から蜜が溢れてくるのを感じ、ただならない羞恥に苛まれたルーシアは、彼の手から逃れようと無意識に腰を激しく揺り動かす。

これくらいのことで濡らしていると知られたら、きっとまた笑われるにきまっている。

充分すぎるほど恥ずかしい思いをしているのに、これ以上、辱められたくなかった。

「君は濡れるのも早いんだね、溢れて床に滴り落ちているよ」

「そんなふうに言わないで……お願い……」

口答えが許されないとわかっていても、言わずにはいられない。

こんなにも自分が淫らな身体をしているとは知らなかった。それを彼の言葉によって思い知らされるのが辛くてたまらないのだ。

「本当のことだから仕方ない」

そう言って含み笑いをもらしたアイザックが、花芽にツツッと滑らせた指先をドロワーズの合わせ目から入れてくる。

彼は花唇から溢れる蜜を指に纏わせると、ついには甘い疼きを放ち始めた花芽に直に触れてきた。

「ひゃっ」

全身がわななくほどの強烈な快感が駆け抜けていき、ドレスに包まれた背がしなやかに反り返る。

「あぁ……」

包皮を剝かれて露わになった花芽の頂点を、指の腹で執拗に撫で回され、膝がガクガクと震え出す。

　と同時に覚えのある感覚が下腹の奥から迫《せ》り上がってくる。いまにも粗相してしまいそうな、あの緊迫感に身体中が支配されてしまう。

「はっ……ふ……あぁ」

　彼に支えられていても、立っているのが辛い。どうしても膝に力が入らなかった。

　それを知ってか知らずか、アイザックは花芽を責める手を緩めてくれない。下腹の奥で渦巻く緊迫感が、どんどん高まっていく。

　身体のそこかしこが燃えるように熱くなっていて、すべての意識が熱く疼いている花芽に向いていた。

「は……っ、あ……」

　強まる緊迫感に、唇を噛んで天を仰ぐ。

　これは絶頂の兆しなのだと彼に教えられた。我慢などせずに身を委ねればいい。それなのに、いっこうに終わりが見えてこない。

　どうしたら、あの蕩けるような感覚が訪れるのかがわからず、ルーシアは我を忘れて縋るような視線をアイザックに向ける。

「なんだい？」

視線に気づいた彼が軽く首を傾げて見返してきた。

だがそんな淫らな望みを言葉にできるわけもなく、察してくれることだけを願って唇を噛みしめたまま彼を見つめる。

「ああ……こうされるのがいやなんだね、わかったよ」

「あっ……」

あろうことか、花芽から手を遠ざけた彼が、腰の上まで捲れ上がっているドレスの裾を下ろしてしまった。

中途半端に放り出された花芽は、まだ熱く疼いている。本当にこれで終わりにするつもりでいるのだろうか。

達することが叶わず、疼く身体を持て余しているルーシアは、震える両の手で己をきつく抱きしめて項垂れた。

「僕の問いに答えない君が悪い。さあ、朝食の時間だ」

「待って……」

くるりと背を向けたアイザックに、恥を忍んで追い縋る。

「お願いです……このままにしないで……」

涙ながらに訴えると、彼がこちらに向き直ってきた。

「どうしてほしいのか、きちんと言葉にしてごらん」

柔らかな声音と穏やかな瞳に見つめられ、ルーシアは戸惑ってしまう。

疼きを治める方法など知らない。なにもしなければ、疼きが消えてなくなるのかどうかもわからない。

「昨日のように……私……気持ちよくなりたい……」

「どこで気持ちよくなりたいのか、教えてくれないとわからないよ」

にこやかに返してきた彼を、唇を震わせて見つめた。

これ以上、あからさまな言葉を口にするのは恥ずかしい。それでも、教えなければ彼は再び背を向けてしまう。

いまだ花芽の疼きは治まらず、このままではおかしくなってしまうような気がしたルーシアは、彼と向かい合ったままドレスを摑んでそろそろと持ち上げていった。

こんなことをしている自分が信じられない。己の意思でドレスを捲り上げるなんて、どうかしている。頭ではわかっていても、手を止めることはできなかった。

腹の上までドレスが捲り上がり、ドロワーズに覆われた下肢が晒されると、アイザックが満足そうに微笑む。

「伯爵家のお嬢さまだった君が、これほど淫らに振る舞うとは驚きだけど、ここで気持ちよくなりたいということはわかったよ」

「あっ……」

手を伸ばしてきた彼にドロワーズの上から花芽を弾かれ、ツンとした甘酸っぱい痺れに包まれたルーシアは咄嗟に腰を引く。

「命令に従うのは君のほうなんだけど、今回だけは君の望みを聞いてあげよう」

そう言うなり目の前に跪いてきた彼が、片手をルーシアの腰に回してくる。

なにをするつもりなのだろうかと思うより早く、彼がドロワーズに覆われた下腹に顔を埋めてきた。

「なっ……」

驚愕の光景に息を呑む。

「ぁ……ん」

息を呑んだのもつかの間、布越しに花芽をきつく吸い上げられ、目の前が真っ白になって腰が抜けそうになった。

かつてないほどの羞恥を覚え、両手で彼の肩を摑んで押しやり、さらに自ら懸命に腰を引く。

「あふっ……」

だがそんなルーシアの抵抗などものともせず、彼が音を立てて花芽を吸ってくる。

じんわりと浸みてきた唾液によって布が柔らかになったのか、花芽の頂点を舌先で探り当ててきたかと思うと、そこに軽く歯を立ててきた。

「やっ……あああぁ……」

不意に訪れた強い快感に、ルーシアは自然と腰を突き出す。

下腹の奥で熱が渦巻いているようだ。花芽の疼きも大きくなってきた。

「ああっ……だめ……」

すべてを解き放ちたい衝動に駆られ、歯を食いしばって息む。

それを合図に、下腹の奥で渦巻いていた熱が、奔流となって押し寄せてきた。

「ああ――――――っ」

抗い難い熱のうねりに呑み込まれたルーシアは、柔らかな栗色の髪を摑んで仰け反り、高みへと昇り詰めていく。

「んっ……」

小さく身震いしたとたん、甘い痺れに満たされている身体が脱力する。

膝から頽れそうになったところで、その場にすっと立ち上がってきたアイザックに身体を抱きかかえられ、放心状態のルーシアは身を預けてしまう。

「もう気がすんだだろう？」

どこか冷めた彼の声に、一瞬にして我に返って飛び退いた。

捲れているドレスを手早く整え、両手を前で軽く握り合わせて項垂れる。

身体にはまだ甘い痺れが残っていたけれど、それを楽しみたいとも思わない。はしたなくも自分から彼にねだってしまった事実に、打ちのめされそうになっていた。

「食事に行くよ」

「は……はい……」

扉へと足を向けたアイザックのあとを、項垂れたままついていく。

辱めてくる彼を嫌悪しているのに、自分から求めてしまったばかりか、快楽に溺れてしまったことが許せない。

どれほど身体が疼いていたとしても、意思を強く持って我慢すべきだった。疼きだって永遠に続くはずはなく、きっとどこかで治まったはずなのだ。

いまになって後悔したところで手遅れだとわかっているが、我慢できなかったことが悔やまれてならない。

アイザックに抗うことができないのに、淫らな行為を仕掛け続けられたら、いったい自分はどうなってしまうのだろうか。

なにごともなかったかのように平然と前を歩く彼を見つめるルーシアは、かつて感じたことのない恐怖と不安に苛まれていた。

＊＊＊＊＊

「昨日は夕食もとらずに寝てしまったから、今朝はお腹が空いているんじゃないかと思って、たくさん用意させたんだ。遠慮なく食べていいんだよ」

アイザックが声をかけると、神妙な面持ちで視線を落としていたルーシアが、控えめにこちらを見てきた。

長い睫に縁取られた大きな紫色の瞳が、わずかばかり潤んでいる。白い頬や耳も、ほんのりと赤く色づいたままだ。

立たせたまま彼女を昇り詰めさせてから、まだいくらも時間が過ぎていない。余韻を楽しむ間も与えられなかった彼女は、食事の席に着いてもなお、幼さがまだ残る華奢な身体を疼かせているのかもしれなかった。

「ありがとうございます」

小さな声で礼を言ってきたルーシアが、小さな手でティーカップを取り上げ、伏し目がちに紅茶を啜る。

朝食の席は、中庭にせり出している眺めのいいテラスに設けた。白い大理石をふんだんに使って造られたテラスは半円形で、かなりの広さがある。

ルーシアと向かい合わせで座っている、純白のクロスをかけた大きな丸テーブルは、柔らかな陽差しに包まれたテラスの中央に置かれていた。

テーブルの上には、朝食のメニューの定番がずらりと並んでいる。ひとりで取る朝食とは異なり、ルーシアが同席しているため、品々はいつもよりずっと多い。

焼きたてのパン、ふっくらとしたマフィン、サクサクとした歯触りが楽しめるスコーンが、こんもりと積まれた楕円形の籠があり、その横には揃いの容器に入れたバター、はちみつ、クロテッドクリーム、数種類のジャムが置かれていた。

薄切りのハム、薫り高く焼いたベーコン、バターの香りが豊かなキドニーパイ、色鮮やかなオムレツ、ソテーした白身魚が彩りよく盛られた大皿や、こってりと甘いケーキを載せた皿もある。

飲み物は定番の紅茶にコーヒー、温めたミルクや果物を搾ったジュースなどが用意してあった。

すべてがルーシアのために用意されたと言っても過言ではない。彼女にこれまでどおりの贅沢な暮らしを約束したアイザックは、朝食の席に並べる料理の数々を、自ら調理長に命じたのだ。

そして、気兼ねなく食事ができるように、使用人たちをみな下がらせ、各々が好みの料理をその都度、自分の皿に取って食べられる方式にしていた。

「天気のいい爽やかな朝に、外で食事をするのもいいものだと思わないかい？」

そう問いかけつつも、彼女は答えなど返してこないだろうと思っているアイザックは、静けさが漂う緑豊かな中庭に目を向けた。

先代のギャロウェイ子爵から受け継いだこの屋敷は、喧噪《けんそう》に包まれた街から離れた場所にある。

有する敷地は広大なものであり、地下一階、地上三階の豪奢な建物の正面には手入れの行き届いた庭園、そして、後方には清らかな川が流れる小高い丘が広がっていた。

貴族に与えられる爵位の中で、子爵は下位となる。けれど、豊穣《ほうじょう》な領地を所有しているギャロウェイ子爵家は、畜産とワイン醸造《じょうぞう》で毎年、多額の利益を得ているため、高位の貴族にも劣らない資産家だ。

父親の死によって子爵となったアイザックの主たる役目は、社交界でのつきあいを怠ることなく、慈善活動に精を出し、先代たちが築き上げてきた財産を守り、領地で行われている事業を維持拡大していくことだった。

「とても素敵なテラスですね。それに、お料理もとても美味《おい》しいです」

ふと耳に届いてきたルーシアの声に内心、驚きながらも、アイザックは中庭に向けていた視線をさりげなく正面に戻す。

「それはよかった」

真っ直ぐに見つめたままにこやかに返すと、彼女は恥じらったように睫を伏せた。

彼女にとってここでの生活は、けっして楽しいものではないはずだ。善意に少しだけ甘えようとしたら、愛人にさせられてしまったのだから、さぞかし胸の内では嘆いていることだろう。同じ食卓に着いているのでさえ、苦痛に思っているかもしれない。

それでも、彼女は黙り込んでしまうことなく会話に応じてきた。彼女は己が置かれている今の状況をどう思っているのだろうか。

伯爵家の娘として生まれたルーシアは、数え切れないほどの使用人が仕える広大な屋敷で、蝶よ花よと育てられてきたはずだ。

病弱な妹を守るため、そして、自分が生きていくためには他に術がなかったとはいえ、今のこの愛人という立場は、屈辱以外のなにものでもないだろう。

「君の好みを知らないから、口に合うかどうか心配していたんだ。気に入ってもらえてよかったよ」

手に取ったスコーンにジャムを塗りながら、ルーシアの様子を窺う。

手元の視線を落としている彼女は、フォークですくったオムレツを口に運んでいた。

ひとつひとつの動作には硬さがあり、フォークを持つ手は心なしか震えている。恐怖、怒り、不安などが胸の内で交錯しているのだろうと容易に察せられた。

「そうだ、明日にでも仕立屋を呼んでドレスを新調しよう」

アイザックのふとした思いつきに、ルーシアが驚いたように目を瞠って見返してくる。

「君には僕のパートナーとして舞踏会や晩餐会に出席してもらおうと思っている。ドレスはいくらあってもいいだろう？」

「舞踏会……」

消え入りそうな声をもらした彼女が、力なく手を下ろしてフォークを皿に戻す。

カチャンと小さな音が立つと、慌てた様子でフォークを指先で押さえた。

屋敷や財産を叔父に奪われたあげく、貴族の愛人に身を落とした。それを、これまで伯爵令嬢としてちやほやしてくれた人々に知られてしまうのだから、彼女にとってこれ以上の辱めはないはずだ。

「どうしてもご一緒しなければいけないのですか？」

おずおずと目線を上げてきた彼女は、今にも泣き出しそうな顔をしている。

「君は僕のパートナーなんだよ、とうぜんだろう」

そう答えてにっこりすると、彼女は唇をキュッと噛んで項垂れてしまった。

拒絶の声を上げたいけれど、服従を誓った彼女はそれができない。従うしかない立場にある彼女は、項垂れたまま肩を震わせていた。

「僕はこれから出かけるけど、君は好きに過ごしてかまわないからね」

打ち拉《ひし》がれているルーシアを見ているのが辛くなり、アイザックはナプキンで丁寧に口元を拭って席を立った。

「先に失礼するよ」

笑顔で暇を告げ、彼女に目を向けることなくテラスをあとにする。

記憶に残っている彼女は、少し恥ずかしそうではあったけれど、常に微笑みを浮かべていた。

舞踏会で初めて目にしたその笑顔をずって見ていたいと、それだけを願っていた。

会った瞬間、彼女に恋をした。彼女も同じだと信じて疑わなかった。だからこそ、二人で愛を育み、結婚をして温かな家庭を築こうと心に誓ったのだ。

それなのに、彼女はあどけない顔で自分を誑かしてきた。こちらの真摯な愛を、嘲笑うかのように打ち砕いてきたのだ。

彼女の仕打ちに深く傷つきながらも、愛はそう簡単には失せることがなかった。

未練がましいとわかっていても、他の女性に目を向けることができないまま、日々が過ぎてしまった。

二度と会うことがなければ、彼女が結婚をしたと耳にすれば、いずれ忘れられる日がきたかもしれない。

けれど、そうなる前に再会してしまった。それも、愛しいルーシアは見捨てられた存在に成り果てようとしていたのだ。

教会の控え室で、途方に暮れている彼女を見たとき、黙って見過ごすことができず咄嗟に声をかけていた。

彼女を救ってやらなければという純粋な思いからでしかなく、その時点では憎しみなど忘れてしまっていた。

憎しみが舞い戻ってきたのは、ルーシアの身の回りのものを取りにリーガーデン・ハウスに向かう馬車の中で話をしている最中だった。

初めて舞踏会で会ったときのことに触れると、彼女はあろうことか「忘れられない楽しい思い出」と言ったのだ。

人を深く傷つけておきながら、詫びの言葉ひとつ口にするでもなく、懐かしそうに思いを馳せた彼女が許せなくなった。

愛が消えずにいたからこそ、憎しみが倍増してしまった。愛を拒んだ彼女を自分だけのものにして従わせたいと、そんな気持ちがふつふつと湧き上がってきたのだ。

「酷い男だな……」

ひとり苦々しくつぶやき、室内に続くガラスの扉の手前で足を止めて振り返る。

小さな両の手を膝に載せているルーシアは、なにをするでもなくぼんやりと中庭を眺めていた。

離れた場所からであっても、彼女の為す術がない虚しさが、肩を落としている弱々しい姿に見て取れる。

服従を誓わせ、唇を重ね、この手で肌にも触れた。ずっと求めていた彼女を手に入れ、自由に扱えるようになったというのに、少しも心が晴れない。

それればかりか、涙に潤んだ瞳を向けられてしまうと、いったい自分はなにをしているのだといった思いに駆られてしまう。

こんなことを続けていても、彼女の心が自分に向くことはない。彼女は伯爵令嬢という肩書きを失ってしまったけれど、まだ気位の高さは残っているはずだ。

おとなしく従っているのは金銭的な援助が必要だからであり、こちらに対して憎悪を抱いているかもしれない。

彼女の身体は自由にできても、心まで手に入れることはできないのだ。自ら心を遠ざけるように仕向けてしまったとはいえ、欲したもののすべてが手に入らないのがもどかしくてならない。

「いっそ……」

過去のことは水に流し、改めて真摯な思いを伝えてみようかと、そんな思いが脳裏を過ぎる。

「いいや、ダメだ……」

傷が癒えないまま、二年も過ごしてきた。

彼女の裏切りを許すことなどできるわけがない。

「僕の愛を拒んだ君が悪いんだ」

憎しみが愛に勝ってしまったアイザックは、小さく吐き捨てて前に向き直ると、テラスにルーシアをひとり残し、ガラスの扉を開けて室内へと戻っていった。

第四章

アイザックの愛人として屋敷で暮らし始めてから、一週間になろうとしていた。

彼は当初の約束どおり、これまでと変わらない暮らしをさせてくれている。

朝と晩には贅沢な食事が用意され、昼には軽食、そして、欠かせない午後のお茶の時間には、淹れたての香り高い紅茶と菓子が出された。

専属のメイドであるジョディが朝から晩まで甲斐甲斐しく働いてくれているから、なにひとつ自分の手を煩わせることもない。

療養所にいる妹に会いにいくことも許されていて、アイザックがそばにいないときなどは、自分が愛人の身であることを忘れそうになった。

ルーシアは当初、日ごと夜ごと陵辱されるのではないだろうかと恐れていたが、彼に辱められたのは屋敷に初めて泊まった翌朝が最後で、それからはいっさい手を出されていない。

憎まれていると思ったのは勘違いだったのではないだろうかと、そう思ってしまうほどあれからの彼は紳士的な態度を崩していなかった。

「お昼までなにをして過ごそうかしら……」

朝食を終えて部屋に戻ってきたルーシアは、開け放した窓から青々と晴れ渡った空を見上げる。

部屋に差し込んでくる柔らかな陽に、結い上げることなく垂らしている豊かな金色の髪が眩いほどに輝く。

纏っているデイ・ドレスは、薄紫色の小花が描かれたシルクのオーガンジーが使われていた。

小さな立ち襟がついていて、胸元がすっかりと隠されたボディスは、細い身体に合わせてぴったり仕立てられている。

袖山から肘までがふっくらとしていて、手首に向かって細くなる袖、そして、何段もの切り替えが施された膨らみの大きなスカートの裾は、細いレースで彩られていた。

ルーシアの瞳と同じ色合いのこのドレスは、社交界にデビューする十六歳になったとき、父親から贈られたものだ。

とても気に入っていて、大事にしたいと思う気持ちが強すぎるあまり、リーガーデン・

ハウスにいたころは、数えるほどしか纏ったことがなかった。

けれど、持ち出せたドレスの数が少なかったため、アイザックの屋敷で暮らし始めてからは、二日おきに身につけている。

「お散歩でもしましょう」

他になにも思いつかず、窓辺を離れたルーシアは、メイドを呼ぶためのベルを鳴らす。

間もなくして扉が軽く叩かれ、ジョディが姿を見せた。

「ここにいても退屈だから、少し庭園を歩いてくるわ」

「ご一緒いたしましょうか？」

扉を背に姿勢を正している彼女から訊ねられ、ふと考えてから首を横に振る。

「いいの、ひとりで行くから」

にこやかに答えると、ジョディが恭しく頭を下げた。

「ギャロウェイ子爵が見えたら、庭園に行ったと伝えて」

「かしこまりました」

再び深く頭を下げた彼女を残し、ルーシアは部屋をあとにする。

白と黒の大理石を格子状に並べて造られた廊下には、細長い緋色の絨毯が端から端まで続いていて、靴音が響かないようになっていた。

屋敷内はすべてにおいて手が行き届いていて、塵や埃はどこにも見当たらない。使用人たちがしっかりと掃除をしている証だろう。

けれど、彼らの姿を目にすることはない。下級の使用人たちは、けっして家人に姿を見せてはならないと教育されているからだ。

ルーシアはリーガーデン・ハウスで生まれ育ったけれど、屋敷に仕えていた使用人の正式な数を知らない。

執事、侍女、フットマン、コーチマンといった、いわゆる表舞台を仕事の場とする使用人たちしか、顔を合わせたことがないのだ。

子爵家といえどもこれだけの広さの屋敷であれば、それなりの数の使用人を雇っていることだろう。

貴族たちはやたらと爵位にこだわるけれど、伯爵家も子爵家も位の高さに違いはあるものの、暮らしぶりにはさほどの差がない気がしてならない。

「ルーシア、どこに行くんだい？」

背後から突如、聞こえてきた声に、心臓が止まるかと思うほど驚いたルーシアは、その場にぴたりと足を止めて振り返った。

「お庭を散歩しようかと……」

瞬間的に高鳴った胸に、さりげなく片手を添えて答える。

アイザックは朝食を終えると、いつものように用があるとだけ言い残して、先に戻って行ってしまった。

彼は出かけたものとばかり思っていたから、驚きが大きくて速まった鼓動がなかなか元に戻らない。

「ちょうどよかった、丘までピクニックに行かないか？」

朝食の時と同じラウンジスーツ姿のアイザックが、静かな足取りで歩み寄ってくる。

「ピ……ピクニック？」

あまりにも急なことに、鼓動がさらに速まった。

この一週間、食事以外に二人きりで過ごしたことがない。なにか思惑があるのではないだろうかと、訝ってしまう。

「見晴らしのいい丘があるんだ。そこで一緒に昼食を取ろう」

隣に並んできた彼が、腰に手を回して抱き寄せてくる。

互いの身体が触れ合い、無意識に萎縮してしまった。

「話相手がメイドだけでは、君も退屈しているだろうと思ってね」

アイザックの口調は明るく、他意はないように感じられる。

それでも、二度までも彼に辱められたルーシアは、言葉をそのまま信じることができないでいた。

「天気がいいから遠乗りもいいかなと思っているんだけど、君は馬には乗れるのかな？」

腰を抱き寄せたままゆったりと歩みを進める彼が、わずかに首を傾げて顔を覗き込んできた。

「遠乗りくらいでしたら」

「じゃあ、馬を用意させよう」

アイザックがこちらを見たまま、嬉しそうに微笑む。

穏やかな声と柔らかな瞳には、恐ろしさの欠片もない。つい先ほどは彼を疑わしく思っていたのに、微笑まれただけで胸がときめいてしまい、酷い扱いを受けたことを忘れそうになる。

愛人になれ、服従を誓えと彼は迫ってきたけれど、援助を受けることをこちらが負担に思わないように仕向けてきたのではないだろうか。

確かに交換条件を出されなければ、なにも恩返しのできない身だけに、援助の申し出を断っていたかもしれない。

（でも……）

彼が辱めてきたことは、どう受け止めればいいのだろうか。ただの親切心から援助してくれたのであれば、酷い条件を出したにしても実行に移したりはしないはずだ。

なにより、援助してくれる理由が見当たらないのだ。

彼は自分のことをどうしたいのだろうか。アイザックのことが理解し難いルーシアは、おとなしく彼に身を寄せて歩きながらも、悶々とした思いを抱いていた。

＊＊＊＊＊

広く開けた丘を登りきったところに、長い枝を横に伸ばした一本の大樹がある。

幹はとても太く、周りを囲むには何人も大人が手を繋ぎ合わせる必要がありそうだ。

かなりの樹齢と思われるが、こんもりと茂っている緑の葉はどれも瑞々しく、張り出している枝にも力強さが感じられる。

大樹の根元には柔らかな草が生い茂っていて、ところどころでシロツメ草が可憐な花を咲かせていた。

ルーシアたちが屋敷から走らせてきた二頭の馬は、少し離れた木立で草を食《は》みながら躯《からだ》を休めている。

陽差しを避けて木陰に広げた薄手の敷物に、ルーシアはアイザックと並んで腰を下ろしていた。

敷物の上には、ティーセット、小皿、カトラリーが載った銀色の盆と、大きな楕円形のバスケットがあり、中にはサンドイッチや果物などが入っている。

到着したときには、すでに昼食の準備が整えられていた。アイザックの命によって先回りをした使用人たちが、用意をしてくれたようだ。

ルーシアとアイザックが馬に乗って丘を上がってくると、彼らは荷物を運んできた馬車に乗り込んで走り去って行った。

長閑《のどか》な景色が広がる丘に、アイザックと二人きりだ。半ば強引に連れてこられたとはいえ、眺めの美しい場所で爽やかな風に吹かれるのは気持ちのいいものだった。

「ここから眺める景色はとても綺麗ですね」

正直な感想を口にしたルーシアは、香り豊かな紅茶を静かに啜る。

「小さなころから僕のお気に入りの場所なんだ」

笑顔を向けてきたアイザックが、前方に広がる広大な景色に目を向けた。

その横顔はとても優しげだ。本当にこの丘からの眺めが好きなのだと、手に取るようにわかる表情だった。

「ギャロウェイ子爵はこちらでお生まれになったのですか？」

「ああ、そうだよ」

大きくうなずき返してきた彼が、じっとこちらを見つめてくる。

急にどうしたのだろうかと不安を覚えたけれど、目を逸らすのは失礼な気がしてそのまま彼を見つめた。

「アイザックと呼んでかまわないよ」

「でも……」

「次からは名前で呼ぶこと、いいね？」

にわかに口調が強まり、自分が彼に抗えない立場にあることを即座に思い出す。

「はい」

返事をしたそのとき、少し強めの風が吹き抜けていき、ふわりと舞い上がったルーシアの金色の髪が頬に纏わりつく。

「あっ……」

ソーサーとティーカップで両手が塞がっているルーシアが小さく首を振ると、アイザックがそっと髪に触れてきた。

「外に出るときは結ったほうがいいかもしれないね」

乱れた髪を整えてくれている彼の指先が、わざとか偶然かわからないけれど、頬からうなじをなぞっていく。直に触れた指先に、わけもわからず肌がざわめいた。

紳士淑女にとって手袋は欠かせないものだが、彼はしていないことが多い。屋敷にいるときくらいは、窮屈な手袋から解放されたいのかもしれないが、いきなり触れられると戸惑ってしまう。

「急なことでしたから……」

ルーシアはティーカップを載せたソーサーを盆に戻し、長い髪を手早くまとめて片側の肩から前に垂らした。

リボンで結んだわけではないから、風に煽られてしまえば簡単に舞い上がってしまう。ほんの気休めにしかならないとわかっていたけれど、肌に触れられただけでドキッとしてしまい、なにもしないではいられなかったのだ。

「思いつきで誘ったりして迷惑だったかな？」

「いえ、そんなことは……」

小さく首を振ったルーシアは、膝に載せている自分の手にさりげなく視線を落とす。

どうして彼が気を遣うようなことを言うのかわからない。服従を誓ったこちらには、拒む権利などないはずだ。それとも、行きたくないと答えたら、彼はなにも言わず聞き入れてくれたのだろうか。

再会した当初、彼の言葉の端々に憎しみを感じた。けれど、改めて思い出してみると、ここ最近はそれも感じなくなっている。

本当に彼がなにを考えているのかわからない。そもそも、なぜ自分に救いの手を差し伸べてきたのだろうか。それも、愛人になるという条件を出してきたのだから、よけいに理解の域を超えている。

彼にとって、自分はいったいどういった存在なのだろうか。そんなことばかりが、ルーシアの脳裏を過ぎる。

「昼食には少し早いけど、なにか摘まむかい？」

前屈みになって手を伸ばしたアイザックが、バスケットを引き寄せて中を覗き込む。

「キュウリとハムのサンドイッチ……ああ、スコーンとクッキーも入っているな」

そう言いながらバスケットを両手で持ち上げた彼が、ルーシアに中身が見えるよう傾けてくれる。

「ありがとうございます。でも、朝食を頂いたばかりなので」

「お腹が空いたら、いつでも遠慮なく食べてかまわないよ」

機嫌を損ねないようルーシアが丁寧に断ると、彼は無理に勧めてくるでもなくバスケットを敷物に下ろした。

今日の彼はやけに優しい。けれど、優しくされればされるほどルーシアの戸惑いは大きくなり、彼の本心が知りたくなった。

「あの……」

おずおずと隣に視線を向ければ、彼がにこやかに見返してくる。

「なんだい？」

「どうして、私を助けてくださったのですか？」

素朴な疑問を投げかけてみると、彼の表情が不意に厳しくなった。

「一文無しになってしまった君が哀れに見えたからだよ。僕には君や妹さんの面倒を見てやれるだけの余裕がある、だから声をかけただけだ」

アイザックの答えは、あまりにも素っ気なかった。

――ずっと君のことを気にかけていたから、放っておけなかった。

――実は君のことを忘れられずにいたんだ。

いつになく彼に優しくされてしまったことで、そんな言葉を心のどこかで期待していたから、冷たい言いように胸が痛んだ。

彼は落ちぶれた自分を哀れんだにすぎない。特別な感情などまったくなかったのだと思うと、悲しくてならなかった。

「援助と引き替えに私を愛人にして、あなたはそれで満足なの？　どうしてそんな酷いことをするの……？」

持って行き場のない悲痛な思いに、つい食ってかかってしまったルーシアは、表情を一変させた彼を見て後悔する。けれど、後悔などしたところで手遅れだ。

「酷いこと？　なぜ僕が君に批難されなければならない。見返りもなく援助を受けられるほど、世の中が甘くないことくらい君も承知しているだろう？　伯爵令嬢だった君に、いったいなにができるというんだ？　愛人になること以外にできることがあるなら言ってみろ」

アイザックの憤りに圧倒され、思わず身を震わせたルーシアは肩を窄める。

本気で怒鳴られたのは初めてだ。これほどまで怒りを露わにされたのは意外だったけれど、救いの手を差し伸べてもらった己の立場を思えば、口にしていけない言葉だったのだろう。

それに、言われたとおり、自分にできることなどないに等しい。せいぜい、メイドとして働くくらいのことだ。

けれど、アイザックの屋敷で働かせてもらったところで、得られる賃金はとうてい援助に見合う額には届かないだろう。

どれほど働いても足りないのならば、あとは身体を差し出すしかない。己の身体にどれだけの価値があるかは不明だが、見返りに差し出せるものはこの身ひとつしかないのだ。

貴族の娘に生まれても、後ろ盾を失ってしまえばただの娘であり、今はアイザックにすべてを捧げて縋るしかないのだと、ルーシアは改めて思い知らされた。

「自分の立場が理解できたか？」

強い口調で問われ、唇を噛んで力なく項垂れる。

「それなら、愛人の務めを果たしてもらおうか」

さらなるアイザックの言葉に、恐る恐る視線を上げた。

「スカートを捲って下着を下ろすんだ」

彼が早くしろとでもいうように、軽くあごをしゃくってきた彼を、ルーシアは愕然と見つめる。

丘には二人きりで誰の目に触れることもないけれど、青々と晴れ渡った空のもとで淫らな姿など晒したくなかった。

「いやよ、こんなところで……絶対にいや」

両の手を胸に押し当て、座ったまま彼に背を向ける。

「僕に服従を誓ったことを、もう忘れてしまったのかい？」

呆れ気味の声が聞こえてくると同時に背後から肩を摑まれ、力尽くで振り向かされた。

「僕の命令に従えないのであれば、すぐにでも屋敷を出て行ってもらう。妹さんもいつまで療養所にいられるだろうな？」

アイザックの口調はすでに穏やかなものに戻っていて、微笑みすら浮かべている。それなのに、こちらに向けられる茶色の瞳からは、怒りや憎しみが感じられた。

優しさの裏に潜んでいるその感情は、いったいどこから湧いてきているのだろうか。

知る由などない。ただひとつわかっているのは、恋い焦がれてきたアイザックは、まったくの別人に変わってしまったということだ。

「僕に従うか、屋敷を出て路頭に迷うか、選ぶのは君だよ」

穏やかな口調を保ちながらも、彼は確実にルーシアを追い詰めてくる。

二者択一を迫られたところで、他に行く当てなどないのだから迷うわけもない。

諦めの境地でその場に立ち上がったルーシアは、彼の前で下着を脱ぐ恥ずかしさにコソコソと背を向けた。

「誰が背を向けていいと言った？　こちらを向いて脱ぐんだ」

すかさず彼に咎《とが》められ、恥を忍んで向き直る。

立てている片膝に腕を預けてこちらを見上げている彼の視線は、いっときも逸れることがない。

蔑んでいるような彼の視線がいたたまれず、足元に視線を落としてドレスのスカートに手を添えた。消え入りたいほどの羞恥に指先が震え、なかなかドレスを摑めないでいる。

けれど、彼は急かしてこない。自らの意思で下着を脱ぐまで、待つつもりでいるように感じられた。

ぐずぐずしていれば、それだけ恥ずかしさが増してくる。彼には抗うことができないのだから、羞恥をかなぐり捨てて下肢を晒すしかないのだ。

妹と自分が生きていくためで、これは神が与えられた試練なのだと自らに言い聞かせ、ルーシアは震える指先で摑んだドレスを引き上げていく。

裾が膝上まできたところで、片手をドレスの中に入れて背に回す。後ろで結んでいるドロワーズの腰紐を摘まみ、潔く引っ張った。

腰回りが緩やかな仕立てになっているドロワーズが、腰紐を解くと同時にずり落ちる。けれど、裾が絞られているため、足元まで落ちることなく膝で止まった。

「ドレスをもっと上まで捲って」

手振りを加えて命じられ、ルーシアは溢れそうな涙を堪えつつ、両手でスカートを腹の上まで持ち上げる。

まだ薄い金色の茂みに彼の視線を感じただけでなく、丘に吹く風に悪戯に嬲られ、思わず腰を引いてしまう。

「僕に触ってほしい場所があるだろう？　そこを見せて」

アイザックのさらなる命に、きつく唇を噛む。

彼は曖昧な表現をしたけれど、その場所が花芽であることは容易に察せられた。

下着を脱いだだけでも堪えがたいのに、自らの手で秘所を晒すのは拷問に近い。

「言うことが聞けないなら……」

「待って」

彼に最後まで言わせることなく、意を決したルーシアは片手を金色の茂みへと滑り落としていく。

これほどの辱めは受けたことがなく、我慢していた涙が一気に溢れてきた。頬を伝っていく涙が、ポタポタと足元に落ちていく。

けれど、非情なアイザックは涙に目を向けてくることなく、秘所へと忍ばせたルーシア

の指先だけを見つめている。

「もっと引き上げて」

泣きながら金色の茂みに添えた手を持ち上げたのに、彼はそれくらいでは許してくれなかった。

美しい景色が広がる丘で、ドレスの裾を捲り上げ、ドロワーズを下ろして己の秘所に触れている。

ただでさえ居たたまれないというのに、ふと聞こえてきた馬の鳴き声に、自分たちと入れ替わりに姿を消した使用人たちを思い出し、ルーシアは愕然とした。

昼食の準備を整えた使用人たちは、馬車で走り去って行った。けれど、屋敷に戻ったとはかぎらない。

ほどない場所で馬車を停めた彼らは、主人からいつ呼ばれても対応できるように、こちらの様子を窺っているかもしれないのだ。

貴族たちは屋敷で働く使用人たちの目を気にしない。まるで彼らなどいないかのように振る舞う。

ルーシアもそうするよう教育されてきた。とはいえ、彼らは自分と同じ血の通った人間であり、まったく無視することは難しいものだ。

遠くから見られているかもしれないと思っただけで膝が脱力し、その場にへたり込んでしまう。

「お願い……こんなことはいや……」

両手で顔を覆い、泣き崩れる。

「立っているのが辛いのなら、そう言えばいいものを」

小さく笑ったアイザックが、しゃがんでいるルーシアの肩を片手でトンと押してくる。

「あっ……」

不意を突かれて仰向けに倒れ、長い金色の髪が敷物にふわりと広がった。

ドレスは捲れ上がったままで、下肢が露わになっている。膝で止まっているドロワーズを早く引き上げ、ドレスで覆い隠したいのに、真っ直ぐに向けられる彼の射るような視線に手が動かないでいた。

「伯爵家でたいせつに育てられたお嬢さまは、しばらく立っていることもできないんだね。困ったものだ」

脇に膝をついてきた彼が、なだらかな下腹に手を置き、滑り落としてくる。そうして柔らかな茂みを指先で搦め捕ると、軽く引っ張ってきた。

「やっ……」

引き攣れるようなちょっとした痛みに、ルーシアの下腹が波打つ。

さらには花芽を指先で弾かれ、駆け抜けていった甘い痺れに大きく腰が跳ね上がった。

「はあ……ぁ」

酷い仕打ちに涙を流しているのに、軽く触れられただけで感じてしまう己の身体が許せない。

逃げ出したいのにそれも叶わず、感じたくないのに反応してしまうのが、情けなくて悲しくて叫びたい気分だった。

アイザックの愛人でいるあいだは、辱めを受け続けるのかと思うと、死にたくなってくる。

自分ひとりならば、メイドに身を落としてもどうにか生きながらえることができる。けれど、残された妹のことを思ったら、選ぶ道はひとつしかない。屈辱的な扱いに涙が枯れようとも、堪え忍ばなければならないのだ。

「僕がかまってやらなかったから、ここが疼いてしかたなかったんじゃないか？」

身を屈めてきたアイザックに耳元で囁かれ、否定できなかったルーシアは咄嗟に顔を背ける。

気が休まるのはアイザックと食事をしているときだけで、ひとりきりで過ごしているときは、次に彼が手を出してくるのはいつだろうかと、それればかりを考えていた。

辱められたくない。淫らな己の喘ぎ声などもう聞きたくない。そう思っているのに、アイザックに快楽を教えられた身体は、彼のことを考えただけで疼き出したのだ。

疼きはささやかなものでしかなく、意識を逸らせばすぐに治まったけれど、それを一度も口にしてもいないのに、彼が知っていることに驚くと同時に、かつてないほどの羞恥に囚われた。

「返事をしないのは、認めたも同じだよ」

そう言って含み笑いをもらしたアイザックが、膝で止まっているドロワーズに手を伸ばしてくる。

制止する間もなくドロワーズを脱がされ、投げ出している脚を大きく左右に割られた。

秘所を彼の目に晒すこととなったルーシアは、慌てて両手で覆い隠そうとしたけれど、いとも簡単に払いのけられてしまう。

「両手は脇に下ろしておくんだ、いいね？」

そう言われてしまえば従うしかなく、両の脇に腕を下ろして敷物を握り締める。

なにをされても抵抗してはいけない。ただそれだけを思って、長い睫を伏せる。

「きゃっ……」

いきなり身体が引きずられ、閉じたばかりの目をパッと瞠った。

向かい合わせにされ脚を大きく広げられ、彼のほうへ秘所を突き出すような格好にされてしまう。

まるでひっくり返った蛙のごとく無様で恥ずかしい己の姿に、さすがにルーシアは両の脚をジタバタさせたけれど、すぐに動きを封じられてしまう。

「いやよ、こんな格好……手を離して……」

必死の形相で上半身を起こし、足首を握っている彼の腕を摑んだ。

「君は僕に服従を誓ったんだよ、何度も同じことを言わせないでほしいな」

アイザックが不愉快そうにため息をもらし、冷ややかに見下ろしてくる。

援助を必要としているのだから、これ以上、彼を怒らせてはいけない。彼に抗ってはいけない。

「ごめんなさい……」

声を震わせて詫び、両手を敷物に下ろす。

「そう、君は愛人らしく僕に身を委ねればいい……」

満足そうにつぶやいた彼が、後ろに手を伸ばしてバスケットを引き寄せる。

「青空の下で君をたっぷり味わう、いい方法を思いついたよ」

アイザックは楽しげに笑うと、バスケットに手を入れて中を探り始めた。

彼がなにをしようとしているのかさっぱりわからず、不安が込み上げてくる。

「これで君を美味しくいただくことができる」

白い陶器製の小さな器を持った手を高く挙げた彼が、もう片方の手を下腹に当てて押し上げると、秘所に向けてなにかを垂らしてきた。

「なにをしているの？」

思わず声をあげたルーシアは、滴り落ちていく黄金色の液体を凝視する。

その黄金色をしたとろみのある液体は、蜂蜜に間違いなかった。

「いや……」

剝き出しにされた花芽に蜂蜜がたらーっと落ちてくるのを感じ、じっとしていられなくなった。

蜂蜜は口にするものであって、戯れに使うものではない。なにより、秘所が異物に濡れていく感覚がいやでならない。

「んっ……」

たらたらと花芽に蜂蜜が落ちてくる。

粘りけのある液体が敏感な花芽に纏わりついていくのが、目を閉じているからより鮮明に感じられ、いやでも意識がそこに向かってしまう。

（どうして……）

落ちてくる蜂蜜に刺激されているせいなのか、あろうことか花芽が次第に疼き始めてきた。

戸外で下肢を晒して脚を開かされ、さらには秘所に蜂蜜を垂らされるという屈辱を堪え忍んでいるというのに、快楽を覚えた身体はなんてあさましいのだろう。

「……っ」

蜂蜜が花芽から花唇へ、さらには尻のあいだへと伝っていき、なんとも言い難い感覚に思わず身を捩る。

浮いている尻を落とすことも、無理やり広げられた脚を閉じることもできず、ただ腰が左右に揺れ動くばかりで、垂れてくる蜂蜜から逃れることはできない。

「いやらしく腰をくねらせて、気持ちがよさそうだね」

耳に届いてきた楽しげなアイザックの声に、ことさら羞恥を煽られたルーシアは、両手で顔を覆い背ける。

それでどうなるわけでもなかったけれど、ジッとしているのが堪えがたかったのだ。

「蜂蜜に濡れた君のここが、とても美味しそうだ」

「ひっ……」

　いきなり花芽を指先でツッとなぞられ、引き攣った声をもらして腰を跳ね上げる。

「さっそく味見をさせてもらうよ」

　彼の言葉に驚愕して恐る恐る指の隙間から目を向けると、アイザックはルーシアの腿の裏側に手を添え、力任せに膝を敷物に押しつけてきた。

　おしめを取り替えられるときの赤子のような格好にされられ、さすがに我慢の限界を超えてしまう。

「やめて……」

　顔からどけた手を敷物について上体を浮かせたところで、下腹に顔を埋めてきた彼に花芽をペロリと舐められ、力なく背が落ちた。

「あぁ……」

　何度も花芽を舌先で舐められ、甘い痺れが腰全体に広がっていく。

「甘くて美味しい」

　彼の吐息が秘所にかかり、身震いが起きる。

　さらには音を立てて花芽を吸われ、なだらかな下腹が妖しく波打つ。

「いやよ、そんなところ……」

両手を彼の頭に添え、必死に押しやる。

ドロワーズ越しに口で触れてきたときは、息が止まるかと思うほど驚いた。けれど、今の驚きはあのときの比ではない。

直に花芽を舐めてくるなど信じ難かった。平気でこんなことをするアイザックの気が知れない。彼は気が触れてしまったのではないだろうかと、そんな思いすら脳裏を過ぎる。

「お願いだから……」

いくら両の手に力を込めても、彼の頭はビクともしない。

腿の裏側を摑んでいる手で膝を敷物に押しつけられ、尻を浮き上がらせたまま秘所にむしゃぶりつかれているのだ。

こちらの身体が目的だと思っていたのに、彼は身体を繋げようともしない。屈辱的な行為ばかり強いてくる彼にとって、愛人とはいったいどんな存在なのだろうか。

いっそ強引に貫かれ、彼だけが一方的に快楽を味わってくれたほうが、よほど諦めがつく気がする。

彼の考えていることがまったく理解できないだけに、こんなふうに弄ばれてばかりいると、心がおかしくなってしまいそうだった。

「んっ……ん」

重なり合う花唇のあいだを舌先でなぞられ、続けて花芽に歯を立てられ、浮いている足先までが震える。

まだいくらも経っていないのに、早くも最奥から蜜がしとどに溢れてきた。蜂蜜と一緒にそれも彼に舐められているのかと思うと、恥ずかしくてたまらない。

「ふ……ああぁ」

触れてきた瞬間の舌先は気持ちのよいものではなかったのに、繰り返し舐められているうちに、心地よさを覚えてきた。

全身がいつになく甘い痺れに包まれている。粟立つ肌のざわめきすら、気持ちよく感じられた。

蜂蜜に濡れた花芽を吸ったり、花唇を舐めたりする音がとても淫靡に響き、下肢を支配し始めた快感が増長していく。

彼から逃れたい思いがあっても、下腹の奥に生じた熱は勝手に高まっていき、抗う気力だけでなく羞恥も失せていった。

彼の柔らかな髪を摑む指先にも力が入らなくなり、ルーシアの細い腕がパタリと敷物に落ちる。

「はふっ……ぅ……んっ」

ことさら強く花芽を吸い上げられた瞬間、下腹の奥がズクリと疼いた。それは紛れもない絶頂の兆しだ。

「やっ……もう……」

どんどん迫り上がってくる堪えがたい圧迫感に、無心で敷物をきつく握り締め、突き出した腰を揺らした。

アイザックによって昇り詰めさせられたのは、たったの二回でしかない。それなのに、身体はすでに快楽の虜になってしまっていた。

このまま快感に身を任せていれば、再びあの感覚を味わうことができる。無我夢中で腰を揺らすルーシアは、もう達することしか考えられなくなっていた。

「ああぁ……」

高みはすぐ目の前にあるというのに、不意に快感が途切れて目を開ける。

「君ひとりで達するなんて狡《ずる》いと思わないかい？」

頭を起こしてそう言ったアイザックが、意味ありげな視線を向けてきた。

形のよい唇が、蜂蜜に濡れてヌラヌラと光っている。つい先ほどまで、その唇を己の秘所に感じていたのかと思うと、ただならない羞恥に襲われて目を逸らす。

「あっ……」

前置きもなく身体をひっくり返され、腰を高く持ち上げられ、ドレスの裾を背中まで捲り上げられる。

「なにをするの？」

あまりにも唐突な動きに慌てたルーシアが四つん這いのまま振り返ると、彼は黙れと言うように人差し指を自分の口元に寄せた。

抗いは許されないし、なにをするのか訊ねてもいけない。自分の身になにが起こるかわからない恐怖に、全身が震え出す。

（ここで身体を繋げるつもり？）

アイザックが口にした言葉から想像できるのは、それくらいしかない。

いっそ貫いてくれたらいいのにと思ったばかりだが、いざとなると怖くて自然と逃げ腰になる。

「おとなしくして」

すぐさま下腹を抱え込まれ、動きを封じられた。

（私は愛人になると誓ったのだから……）

覚悟を決めるしかないと諦めたルーシアは、敷物についている両の手に顔を伏せる。

自然とより腰を突き出す格好になったが、そのままジッと堪えた。

背後から衣擦れの音が聞こえてくる。アイザックが身体を繋げる準備を始めたようだ。

まもなく彼に貫かれて、純潔を失う。破瓜の瞬間に流れるのは、喜びではなく悲しみの涙だ。

これは神によって与えられた運命だ。それは承知しているけれど、辛くて悲しい運命を呪わずにはいられなかった。

「可愛らしいお尻も蜂蜜に濡れてしまったな」

小さく笑った彼に両の手で尻を摑まれ、貫かれる恐怖に身体が硬直する。

「っ……」

花唇になにかがあてがわれ、思わず息を呑む。それは覚えのある熱を帯びた塊で、アイザック自身であることが容易にわかった。

このまま背後から貫かれて破瓜を終える。一生に一度しか味わえないのに、こんな形で終えてしまうのが悲しい。

愛し合っている人と結ばれたかった。ひとつになれた喜びに、互いが満たされる瞬間であってほしかった。

乙女心に抱いてきた夢を、アイザックによって打ち砕かれようとしているルーシアは、身を硬くしたまま唇をきつく嚙みしめ、そのときを待つ。

「ああっ」

花唇の上をヌルリと通過してきた彼自身の先端に花芽を押し上げられ、予期せず湧き上がってきた快感に身体がブルッと震える。

「はぁ……蜂蜜のせいでこの前よりずっと滑りがいいね」

感じ入ったような声が頭の上から降ってきた。

駆け抜けていったのが破瓜の痛みではなく、甘い痺れだったルーシアは、ふと強ばりを解いて息をつく。

「ルーシア、脚をきつく閉じて」

咄嗟に意味が理解できず、彼を振り返る。

「脚を閉じて、僕のを挟み込むんだよ」

尻から滑り落とした手で太腿を軽く叩いてきた彼が、腰を悪戯に前後させてきた。

「あっ……ん」

硬く張り詰めた彼自身で花唇を擦られ、花芽を突かれ、甘い痺れが広がっていく。

獣じみた格好をさせられてなお、快感を得てしまう己が情けない。けれど、嘆いている暇などなかった。

「ルーシア」

焦れたような声をあげた彼が、今度は少し強めに太腿を叩いてくる。

機嫌を損ねてはいけないと思い直し、急いで膝を寄せていく。

ぴったりと脚を閉じると、挟み込んでいる彼自身の太さや脈動がはっきりと感じられ、妙な気分になった。

初めて辱められたときも彼は同じようにしてきたが、四つん這いで自ら太腿を締めているせいなのか、生々しさが際立っている。

「さあ、好きなときに達していいよ」

片手を前に回してきた彼が指先で茂みを掻き分け、花芽に触れてきた。

「ふっ……」

指先で包皮を剝かれて思わず腰を引く。けれど、背後にいる彼に動きを阻まれたばかりか、そのまま腰を使い出されて甘声をあげる。

「あああっ……ん……ぁ……」

秘所全体を熱の塊と化している彼自身で擦られ、指先で捕らえられた花芽を丹念に撫で回され、失せかけていた絶頂の兆しが瞬く間に舞い戻ってきた。

ただでさえ蜂蜜を垂らされた秘所はぬめっているというのに、最奥から溢れてくる蜜が上塗りされ、彼が腰を前後させるほどに嫌らしい音が大きくなっていく。

蜜と蜂蜜に濡れた彼自身が秘所に密着し、伝わってくる熱に触れ合っているところが蕩けていくようだ。

指で執拗に弄られ、硬く張り詰めた先端で突かれる花芽は、これまでになく激しく疼いている。

花芽で弾ける快感に下腹が引きつり、膝が震え出す。太腿を閉じているのが辛く、力が抜けそうになる。

けれど、挟む力を緩めたら叱られてしまいそうだ。彼を怒らせたくない思いから必死に太腿を締めつけようとするけれど、花芽で弾け続ける快感に身体が甘く痺れて上手くいかない。

そればかりか、絶頂の兆しがにわかに強まり、太腿に意識が向かなくなってしまう。

「あっ……来る……ああぁ……」

迫り来る絶頂に大きく背を反らし、長い金色の髪を振り乱して身悶える。

「ルーシア……」

どこか息苦しげな声をもらしたアイザックが、花芽をきつく摘まんだまま腰を何度も打ちつけてきた。

摘まれて痛いほどに疼く花芽を、彼自身の先端が擦りあげていく。痛いのか、気持ちいいのかすらわからない。ただ、疼く花芽が熱くてしかたなかった。

「もう少しだ」

切羽詰まった声をあげてルーシアの背に覆い被さってきた彼が、ググッと腰を押しつけてくる。

「くっ……」

短い呻《うめ》きが聞こえてくると同時に、摘ままれている花芽を手早く擦られ、不意打ちを食らったルーシアは一瞬にして昇り詰めた。

「ああっ……あ――――」

獣が遠吠えをするかのようにあごを高く上げ、官能の渦に呑み込まれていく。

アイザックの動きが止まり、花芽に熱い迸《ほとばし》りを感じたけれど、身体の隅々にまで広がっていく歓喜の余韻に酔いしれているから、それがなにかを考える余裕もない。

満ちていく痺れはどこまでも甘く、うっとりと目を閉じたルーシアの全身がゆっくりと脱力していった。

完全に力が抜け、コトンと身体が横倒しになる。このまましばらく休みたい。気怠い解放感に浸りたい。

けれど、彼はきっとそれを許してくれないだろう。漠然とながらもそんな気がして、なけなしの力を振り絞って身体を起こそうと試みる。

「ルーシア……」

隣に寝そべってきたアイザックが、ルーシアが起き上がるより早く抱きしめてきた。

やんわりと回された腕、背中に密着している胸からドレス越しに伝わってくる乱れた鼓動に、思わずドキッとしてしまう。

ドレスの裾が捲れ上がったままで、下肢が露わになっているのも忘れ、腕の中で身を小さく縮めた。

「いつ見ても君の髪は美しいな」

肩にあごを乗せてきた彼の吐息に首筋をくすぐられ、小さく身震いする。

「まるで絹のようだ」

柔らかな金色の毛先に指を絡めてくると、その手を前に伸ばして弄び始めた。

彼は高く昇った陽に毛先を翳し、キラキラと輝くさまを見つめている。

辱めてきたあとの彼は、いつも素っ気なかった。だから、すぐに身支度を整えろと命じられると思っていた。

今日にかぎってどうしてしまったのだろう。こんなふうに寄り添われてしまうと、どうしたらいいのかわからなくなる。

「君は僕を恨んでいるだろう?」

髪を弄んでいた手をふと下ろした彼が、ルーシアを仰向けに寝かせ、真っ直ぐに見下ろしてきた。

「そ……そんなことは……」

困惑も露わに首を横に振る。

ままならぬ運命に神を恨んだことはあったけれど、アイザックを恨んではいない。

愛人になって服従を誓えと迫られ、恐怖や戸惑いを覚えたけれど、援助を申し出てくれなければ確実に路頭に迷っていたのだから、彼を恨むわけがなかった。

「すべてを失った君が拒めないのをいいことに、援助をちらつかせて愛人になれと強要したんだよ? それなのに、恨んでいないのかい?」

さも解《げ》せないといった顔をしたアイザックが、ジッとこちらの瞳を覗き込んでくる。

今になってなぜこんなことを言い出したのか、まるで理解できない。もしここで恨んでいると答えたら、彼はどうするつもりでいるのだろうか。

訝しげに眉根を寄せているけれど、向けてくる茶色の瞳はとても穏やかだから、よけいに怖くなる。なにか裏があるのではないだろうかと、勘ぐってしまうのだ。

「私はギャロウェイ子爵に救われた身です。けっして恨んだりしません」

思いをありのまま口にすると、彼は急に身体を起こして敷物の上に座り直した。

「なるほど……縋る相手が他にいないのだから、しかたないということか」

吐き捨てるように言い、上着のポケットから取り出したハンカチを、ルーシアの露わな茂みに押しつけてくる。

「これで綺麗にしてから身支度を整えるといい」

そう言うなり、彼は背を向けてしまった。

下肢を晒したままでいたことに気づいたルーシアは、彼に押しつけられたハンカチに手を添え、あたふたと起き上がる。

とたんに茂みのあたりからなにかが内腿に伝い落ちた。垂らされた蜂蜜がまだ残っているのかもしれないと、そっとハンカチをどけてみる。

（これは……）

見たこともない白いものが、べったりと茂みに纏わりついていた。

先ほど達した際に、花芽に迸りを感じた。しばし思いを巡らせ、それがアイザックの解き放った精だと察したルーシアは、身を小さくして手早く秘所を清めていく。

（赤ちゃんができてしまうからだったのね……）

彼が身体を繋げようとしない理由に思い当たり、これまでの疑問が解けた。

ルーシアの中に精を解き放てば、子供を宿す可能性がある。ギャロウェイ子爵家の当主で、まだ独身の彼が、愛人に子供を産ませるわけがない。

この先も彼はけっして身体を繋げてこないはずだ。愛人であっても、純潔を失うことはないとわかり安堵する。

（でも……）

いずれは彼も結婚するだろう。結婚相手に愛人の存在を知られないよう、早い段階で自分は屋敷を追い出されてしまうかもしれない。

そうなったらきっと耐えられない。仮に側に置き続けてくれたとしても、彼が結婚して自分以外の女性と一緒にいることを想像するだけでも胸が苦しくなった。

叔父はあんな言い方をしたけれど、本気で身内を見殺しにはしないだろう。頭を下げて妹の療養所代を工面してもらい、自分は働き口を探すのだ。

「馬を連れてくるよ」

アイザックの声に、ふと我に返ったルーシアは、汚れたハンカチを脇に置き、慌ただしくドロワーズを引き上げて腰紐を結び、ドレスの裾を整えていく。

彼に借りたハンカチはどうしようかと迷った末に、洗ってから返したほうがいいだろうと思い、拾い上げてドレスの胸元に押し込んだ。

長い金の髪を指で梳かし、乱れたところがないかを自らの目で確認し、それから彼を振り返った。

馬の脇に立って手綱《たづな》を持っている彼は、優しく鼻面《はなづら》を撫でながらなにか話しかけているようだ。

「どうせ叶わない恋だもの……」

恋い焦がれてきたアイザックに再会できたけれど、喜びを感じられたのはほんのいっときでしかなかった。

彼は服従を強いてきたうえに辱めてきたけれど、今もって断ち切りがたい思いが残っている。恋が叶う可能性が万にひとつでもあるなら、彼のそばにいたい。

「もう諦めましょう」

どれほど思ったところで、しょせんは独りよがりにすぎず、恋はけっして叶うことなどない。悲しいけれど、これが現実なのだ。

屋敷を出て行こうと心に決めたルーシアは、馬を引き連れて歩いてくるアイザックに向かい、自ら歩き出していた。

第五章

アイザックから贈られた純白のドレスに身を包んだルーシアは、久しぶりに出席した舞踏会だというのに、真っ直ぐ顔を上げることができないでいた。

今夜の舞踏会はアイザックの友人である、ルーカス男爵家で催されている。男爵とは面識がなかったけれど、招待客の中には知った顔もあり、ルーシアはどう振る舞っていいのかわからず困っていた。

両親と兄の死をきっかけに社交界から離れ、アイザックの愛人となってからもずっと屋敷の中で過ごしてきた。

もう、かれこれひと月近く華やかな場所に姿を見せていない。社交界では噂が瞬く間に広まる。伯爵令嬢だったルーシアが後ろ盾を失ったことは知れ渡っているだろう。

それなのに、のこのことアイザックに伴われて現れたのだから、醜聞《しゅうぶん》好きの貴族たちにとって、ルーシアが恰好のネタとなるのは間違いなかった。

中にはアイザックの愛人になったことを、すでに知っている者もいるかもしれない。周りから好奇の目を向けられているルーシアは、一刻も早く帰りたくてしかたなかった。

「誰よりも君が一番、輝いているね」

黒いテールコートに身を包み、堂々と胸を張って歩くアイザックが、淑女らしく彼の腕に手を添えているルーシアの顔をチラリと見てくる。

褒めそやされたところでなんとも答えようがなく、わずかに顔を起こして視線を絡めただけで、すぐに視線を足元に落としてしまった。

アイザックから舞踏会に行くと言われたのは、二人で昼食を取っているときで、数時間前のことだ。

「友人から招待された舞踏会でね、毎日、君が退屈そうにしているから、出席することにしたんだ」

彼は一方的に決めてしまったけれど、拒める立場にないルーシアは渋々ながらも承諾していた。

叔父になんとか頼みこんで妹の面倒を見てもらい、自分はどこかで働こうと心に決めたのは五日前のことだ。

屋敷をいきなり訪ねて行くわけにもいかず、訪問の許しを得るため叔父に手紙を出したのだが、なしのつぶてでいまだ会うことができないでいた。

叔父からの返事を待っているルーシアは、やきもきする日々を送っていたが、どうやらアイザックには退屈に過ごしているように見えたらしい。

「ドレスを新調しておいてよかったな」

ゆったりとした足取りで大広間を進んでいくアイザックは、ひとり満足げな表情を浮かべている。

腕のよい仕立屋によって縫い上げられたドレスは、まるで婚礼衣裳かと思うほど豪勢な仕上がりになっていた。

純白のシルクシフォンと、繊細なレースをふんだんに使っている。胸の谷間が垣間見える深く取ったデコルテ、膨らんだ袖、大きく広がるスカートには、レースで作り上げた可憐な薔薇の飾りがあり、その周りに純白の真珠が散らされていた。

ふっくらとしたサテンのリボンが、腰の上にあしらわれている。小さな両の手を覆うのは、ドレスと揃いのレースで仕立てた手袋だ。

高く結い上げた長い金色の髪は、ドレスと同じレースの薔薇によって飾られていた。

片手に房のついた小さな扇を持ち、アイザックの腕を取って歩く姿は気品に溢れ、誰よりも淑女らしい。

けれど、その中身はといえば、愛人として服従を誓わなければ生きていけない、哀れな娘なのだ。

どれほど美しく着飾っていても、ルーシアが伯爵令嬢ではなくなったことを知っている貴族たちは、敬称をつけて呼びかけてくることはない。

敬称など些細なことだと思っていたけれど、これまでのように〈レディ〉ではなく〈ミス〉と呼ばれるたびに、現実を思い知らされて胸が痛んだ。

「ようやく見つけたよ。ルーシア、僕の友人たちを紹介しよう」

ふと明るい声をあげたアイザックが、腕を取っているルーシアの手を軽く叩いてくるなり歩調を速めた。

楽団の演奏に合わせて踊る紳士淑女を横目に、彼は話に興じている大勢の人々の合間を縫うようにして進んでいく。

自分のことをどう紹介するつもりでいるのかわからず、不安で胸が押しつぶされそうになっているけれど、彼のそばを離れることができないルーシアは、ドレスの裾に足を取られないよう気を配りながら必死についていった。

「キース、探したよ」

前方に向かって声をかけたアイザックを、さりげなくちらりと見やる。

彼は屈託のない笑みを浮かべていた。友人と会えたのを心から喜んでいるようだ。

普段はなにを考えているのかさっぱりわからなかったけれど、今夜の彼はその表情に思いが正直に表れていた。

いつになく彼が素敵に見えて目を奪われていると、満面に笑みを浮かべたまままいきなりこちらに振り向かれ、ドキッと胸が高鳴った。

頬や耳が熱くなるのを感じ、慌てて視線を落としたけれど、きっと彼は気がついているはずだ。

どうして顔が赤くなっているのかと、彼に問われたらどう答えようか。けれど、困っているルーシアを他所《よそ》に、彼はなにも訊いてくることなく、友人に歩み寄っていった。

「アイザック、舞踏会に顔を出すなんて珍しいじゃないか」

驚きの声をあげながら近づいてきた青年が、アイザックに片手を差し出す。

「どうしても紹介したい人がいてね」

友人と握手を交わした彼が、ルーシアの腰に片手を回してくる。

まだ火照《ほて》りが引いていないから、顔を上げるのが恥ずかしい。それに、愛人だと紹介されるかもしれない恐怖に、ますます俯き加減が深くなっていった。

「こちらはレディ・ルーシア、僕の恋人だ。彼は僕のたいせつな友人のキースだよ。大学

の同期生なんだ」

アイザックに紹介されたルーシアは、驚きにパッと顔を上げる。

(恋人? どうして恋人だなんて……)

彼の顔には相変わらず屈託のない笑みが浮かんでいて、なにか思惑があるようにはとても見えない。

とにかく失礼のないようにしなければと、手袋に包まれた手をにこやかに差し出す。

「はじめまして、レディ・ルーシア、私はキース・ジョン・ルーカス、お目にかかれて光栄です」

礼儀正しく自己紹介してきたキースが、ルーシアの手を取ってくちづけてきた。

金髪を丁寧に撫でつけている彼は、さほど背は高くないけれど、すんなりとした身体でテールコートを上品に着こなしている。

瞳がくりっとしている彼はとても愛嬌のある顔立ちをしていて、同年齢のアイザックより少し若く感じられた。

「私は男爵家の息子ですので、どうぞ遠慮なくキースとお呼びください」

挨拶を終えた彼が、悪戯っぽく微笑む。

貴族はそれぞれに称号をつけて呼び合うのが慣例になっていて、子供たちにもそれぞれの称号がある。

公爵、侯爵、伯爵の子供たちが〈ロード〉や〈レディ〉と呼ばれるのに対して、子爵と男爵の子供に限っては男女を問わず〈オナラブル〉と呼ばれた。

貴族の子供たちは爵位を持たないが、社会的地位を区別化できるよう称号が与えられているのだ。

けれど、社交界において〈オナラブル〉と呼ばれるのは、おまえたちは位が低い貴族の子供だと言われているのも同じであり、彼らにとってはあまり喜ばしいものではないだろう。キースの言葉には、そうした思いが含まれているように感じられる。

伯爵家に生まれたルーシアは、爵位をことさら重んじる厳格な父親から、貴族や目上の者に対する呼びかけ方を厳しく教育されてきた。

本来ならば、迷わず名前の前に〈オナラブル〉とつけているところだが、彼にそうするのはかえって失礼な気がした。

「ところで、レディ・ルーシアはどこのお嬢さまなんだい？」

キースが悪びれたふうもなく訊ねてきたのは、アイザックが〈レディ〉の称号をつけたからだ。

もう貴族の娘ではないのだから、〈レディ〉と呼ばれる資格はない。本当ならば、貴族が集う舞踏会に出席することも許されないのだ。

それをキースに知られてしまうのが急に恥ずかしくなり、ルーシアはこの場から逃げ出したい衝動に駆られた。

「ヴァンガルデ伯爵家のお嬢さまだよ。レディ・ルーシアの父上は残念なことに先日、亡くなられてしまって、爵位は彼女の叔父上が継いでいる」

「ああ、ヴァンガルデ伯爵家の……」

噂を耳にしているらしい、キースが訝しげに眉根を寄せる。

貴族の娘でなくなってしまったルーシアに、なぜアイザックが称号をつけたのか解せなかったのだろう。

着飾っていても中身は平民だと知った彼は、嘲ってくるに違いない。舞踏会で辱められるのは堪えられそうになかった。だがキースは態度を変えることなくルーシアに笑顔を向けてくる。

「ヴァンガルデ伯爵家といえば、名門中の名門じゃないか。レディ・ルーシアの気品と美しさは、血筋のよさからくるものなんだな」

嘲笑うどころか、称賛してきたキースを、ルーシアは驚きに目を瞠って見返す。

彼は、爵位の有無などあまり気にしていないのかもしれなかった。

公の場で揶揄されることを恐れていたルーシアは、彼が気位の高い貴族でなかったことに胸を撫で下ろす。

「ところで、恋人ということは結婚を考えているってことだよな？」

興味深げな顔で訊いてきたキースが、並んで立っているルーシアとアイザックを交互に見てくる。

彼はアイザックの紹介を信じてしまった。恋人だと言ってしまったことを、きっと彼は後悔しているに違いない。

ひとたび嘘をついてしまえば、嘘を塗り重ねていくことになる。どのようにしてキースを納得させるつもりでいるのかがわからず、ルーシアは気がかりでしかたない。

「まあ、いずれは」

言葉を濁したアイザックが、軽く肩をすくめる。

（どうして……）

否定しなかった彼が信じられない。なぜ誤解を招くようなことをするのだろうか。

彼の顔を窺ってみたけれど、いたって平然としていて、なにを考えているのかわからなかった。

「そうか、ついに君も結婚を決めたか」

「ああ」

思ったとおりキースは誤解してしまったけれど、なぜかアイザックは笑顔でうなずき返し、それを見ていたルーシアは息を呑んで硬直する。

「未来の子爵夫人に是非、ダンスのお相手を願いたい」

キースから恭しく差し出された片手を、身動きが取れないまま困惑顔で見つめた。

「踊っておいで」

アイザックが腰に添えてきた手で、軽くルーシアを前に押し出してくる。

「えっ、ええ……」

命令には素直に従うしかなく、優雅に片手を引き上げたルーシアは、キースの掌にそっと指先を乗せた。

「では」

満面に笑みを浮かべてうなずいてきたキースに、踊りの輪の中へと導かれていく。

ルーシアを知る貴族たちが、怪訝そうに見てきたけれど、キースはまったく意に介することなく手を組んできた。

ホールに響いているのはワルツの調べだ。ここ最近はまったく踊っていないから、上手くステップが踏めるか不安だった。

「ワン、ツー……」

小さな声でカウントを取ったキースが、巧みなリードですぐさまルーシアをワルツの調べに乗せてくれる。

彼のステップは流れるように軽やかで、長いドレスの裾をなびかせて踊る楽しさに、いつしか周りの視線も気にならなくなっていった。

「おめでとう、レディ・ルーシア。アイザックはとっくに君のことを諦めたと思っていたから意外だったけど、友人として心から結婚を祝福するよ」

「えっ……？」

笑顔で祝いの言葉を口にしてきたキースを、ダンスに夢中になっていたルーシアは、ワルツのステップを踏みながら驚きの顔で見返す。

彼の言っていることが理解できない。諦めたというのは、いったいどういうことなのだろう。

「まあ、アイザックは一途なところがあるから、諦めきれなかったんだろうな。君との結婚が決まって本当によかった……彼は思慮深くて優しい男だから、きっと君を幸せにしてくれるよ」

「あの、なぜ……」

ルーシアは意を決して口を開いたのに、無情にも曲が終わってしまい、キースに訊ねる機会を逸してしまった。

「もう一曲お相手を願いたいところだけど、いつまでも君と踊っていたら、アイザックが機嫌を損ねてしまうからね」

冗談めかしてきた彼に促され、アイザックのもとへと戻って行く。

「楽しませてもらったよ。また近いうちに会おう」

アイザックの腕を軽く叩くと、キースはその場を離れていった。

彼が口にした言葉が頭から離れないルーシアは、いつまでも後ろ姿を見つめる。

（私を諦めた……キースさんはそう言ったけれど……）

いくら考えても、意味が理解できない。

舞踏会で再び会う約束をして別れたのに、手紙すら寄こさないアイザックに弄ばれたと思い、恋しさを胸に抱きながらも忘れようとしてきた。実らぬ恋なのだと自らに言い聞かせてきた。彼を諦めたのは自分のほうだ。

それなのに、なぜキースはあんなことを言ったのだろう。アイザックが諦めなければならない理由が、なにかあったとでもいうのか。訊いたところで答えてくれるとは思えないから、あれこれ自分なりに考えを巡らせる。

「ルーシア、先ほどキースに紹介したとおり、君は僕の恋人だ」

腰に手を添えてきたアイザックに耳元で言われ、考え事に気を取られていたルーシアはハッと我に返り、驚きも露わな顔で見返す。

「私がフィアンセ？」

「そういうことにしておけば、僕も大手を振って君を連れて歩けるし、貴族の恋人という立場なら君だって気が楽だろう？　もちろん屋敷では愛人として僕に服従してもらうよ、いいね？」

彼がこちらを覗き込んでくる。

躊躇いがちに見つめ返した茶色の瞳が、どこか意地悪く感じられて身震いが起きた。

自分は彼の愛人でしかないのだから、フィアンセとして紹介されるたびに戸惑い、狼狽《うろた》えるにきまっている。おどおどしたその様子を見て、彼は楽しむつもりでいるのだろう。

もう舞踏会なんか来たくない。そんな思いをするくらいなら、屋敷でずっと彼に辱められているほうがよほどましに思えた。

「君を紹介したい友人が、もうひとり来ているんだ。僕の恋人らしく、幸せそうに振る舞うんだよ」

アイザックから耳打ちされ、コクリと小さくうなずき返す。

今は彼の意のままにするしかない。叔父から返事をもらい、会いに行くことが許される日が来るまでは、どうすることもできないのだ。

「さあ、行こう」

笑顔で促されたルーシアは、見えない糸で雁字搦めにされて身動きが取れない自分を嘆きながら、胸を張って歩き出したアイザックに歩みを揃えていた。

＊＊＊＊＊

ギャロウェイ子爵家の屋敷に向かう馬車の中で、アイザックと並んで座席に腰かけているルーシアは、手にした扇の房を意味もなく弄ってばかりいる。

舞踏会がお開きになるまで、ルーカス男爵邸で過ごしていた。何人もの貴族にアイザックのフィアンセとして紹介され、そのたびにダンスに誘われ、嘘がばれないように気を遣いながら会話をしていたから、すっかり疲れ果ててしまっている。

友人たちと酒を呑みながら話に興じていたアイザックは、少し酔いが回っているのか、隣からは機嫌よさそうな鼻歌が聞こえてきていた。

アイザックの妻になることを夢見てきたからこそ、恋人の振りをするのが辛くて胸が痛んでしかたない。

恋心などすっかり消えてなくなってしまっていたらよかったのにと、アイザックの愛人になってから幾度も思ってきたのだが、今夜はその思いがいっそう強くなった。

心のどこかでまだ彼を求めているから、酷い仕打ちをしてくる彼を嫌いになれないでいるから、割り切って愛人の務めを果たせないでいる。

「さっきから、ため息をもらしてばかりだね？」

「えっ？」

ぼんやりしていたルーシアは、長い睫を瞬かせながら彼を見返す。

真っ直ぐ顔をこちらに向けているアイザックの表情は、少し不機嫌そうに感じられる。

いつから見られていたのだろうか。物思いに耽ってしまったことを悔やんだ。

「僕のような男の恋人には、たとえ偽物であってもなりたくなかったのかな？」

「それは……」

正直に答えられるわけもなく、言い淀んでしまう。

長い脚を優雅に組んで腰かけている彼が、片手を座席の隙間について身を乗り出させてきた。

馬車の中は広いとは言い難く、ただでさえ身体が接近している。その距離がさらに縮まり、ルーシアは肩を窄めて身を引いた。

「嫌なんだろう？　でも、叔父上に見捨てられて地に落ちてしまった君には、子爵の恋人として扱ってもらえるだけでも贅沢すぎると思わないか？」

彼から嫌みたっぷりの口調で言われ、唇をきつく結んで項垂れる。

舞踏会に来ていた大勢の貴族たちは、着飾って姿を現したルーシアに対して、冷たい眼差しを向けてきただけでなく、挨拶すら交わそうとしなかった。

それが、アイザックが自分の恋人だと紹介するや否や、誰もが態度を一変させてきた。

ルーシアの現状がどういった身の上であれ、いずれ子爵夫人になるかもしれないのだから、話は違ってくるといったところだろうか。

紳士たちからは淑女のごとく扱われ、夫人や令嬢たちからは話の輪に加わるよう誘われた。

けれど彼らが内心ではどう思っているかくらい察せられたから、これまでのように接してもらえたからといって嬉しくはなかった。

それでも、アイザックの恋人という立場でなかったら、貴族たちの冷たい視線と仕打ちは変わらなかったはずであり、安堵していたのも事実だった。

「君は僕の……ギャロウェイ子爵の恋人であり、愛人でもある。これからは、上手く演じ分けるんだよ」

言い聞かせるように言葉を紡いだアイザックが、こちらに見せつけるようにして手袋を外していく。

息を呑んで見ていると、外した手袋を足元に放った彼が、いきなりドレスの裾を捲り上げてきた。

「なっ……」

ルーシアはあまりの驚きに身を硬くする。

「舞踏会はもう終わったんだ、従順な愛人に戻ってもらおうかな」

「ここはお屋敷じゃないわ」

露わになったドロワーズの上から腿に触れてきた彼の手を、咄嗟に押さえ込んで身を引いた。

すぐに背中が馬車の扉にあたり、思ったほど身体を遠ざけられない。逃げ場がなく、腿を這い上がってくる彼の手を、息を呑んで凝視する。

「この馬車はギャロウェイ子爵家のものであり、屋敷にいるのと同じだよ」

もっともらしい顔をして言った彼が、ドロワーズの合わせ目に指先を滑らせてきた。

薄い布越しに動く指先を感じたとたんに羞恥を覚え、ルーシアは彼が手を動かせないように腿でしっかりと挟み込み、両手で力任せに彼の胸を押し返す。

「いやよ……こんなところでやめて……」

つい大きな声をあげてしまい、慌てて視線を前に向ける。

馬車の中には二人しかいないけれど、馬を操る御者との距離はいくらもない。たとえ屋根つきの箱馬車であっても、大きな声を出せば御者の耳に届いてしまう。

主人の身になにか起きたのかと勘違いした御者が、馬車を停めてこちらの様子を窺ってくるかもしれないのだ。

「抵抗できる立場ではないことを、また忘れてしまったのかい?」

御者に気を取られていたルーシアは、アイザックに手首を握られた驚きに、急いで視線を隣に移した。

「覚えているわ……でも……」

彼の命令に逆らえないことは承知している。それでも、ここで淫らな行為に及ばれてしまったら、あられもない声をあげてしまいそうで怖いのだ。

不安に満ちた顔でルーシアが再び前方に視線を向けると、アイザックは拒む理由を察したのか、呆れたように笑った。

「御者が気になるのなら、声を抑えればいいだけのことだよ」

腿に挟み込んでいた彼の手が急に動き、ドロワーズの合わせ目を越えてくる。

「っ……」

指先が直に花唇に触れ、ヒクンと肩が跳ね上がった。声をあげそうになったけれど、どうにか唇を噛みしめて堪えた。

「そう、声をあげなければ御者は気づかない」

こちらは苦しい思いをしているというのに、彼はどこ吹く風といった顔つきで花唇を捕らえている指を動かしてくる。

懸命に太腿を引き寄せているのに、手の動きを封じることができない。そればかりか、重なり合っている花唇を悪戯に指先で弄られ、じんわりとそこが痺れてきた。

「ふ……んんんっ」

鼻にかかった甘ったるい声がもれ、慌てて口元を両手で覆う。

それを目にした彼は、こちらが抵抗を諦めたと判断したのか、大胆にもドレスのデコルテの中に手を入れてくる。

「んっ……」

両手で口を押さえたまま驚きに目を瞠ると、彼は片手で豊かな乳房をすくい上げ、デコルテの外に出してしまった。片側の乳房を露わにされ、さすがに慌てる。

屋敷に向かっている馬車が走っているのは、真っ暗闇に近い夜道だ。深夜もとうに過ぎた時間であり、すれ違う馬車もない。それに、窓は幕で覆われていて、外から中を窺うことができない状態にある。

とはいえ、いつなにが起こるかわからない。屋敷の中でもなく、敷地内でもないのだから、絶対に誰にも見られないとは言い難かった。

「お願い、おとなしくしているから、こんなことはしないで……こんな姿を誰かに見られたら私……」

口元を覆う手をどけたルーシアは小さな声で懇願し、露わになっている乳房を抱き込むようにして隠す。

「不安そうな顔をされると、よけいに苛《いじ》めたくなる」

唇の端を意地悪げに引き上げた彼が、乳房を隠している腕を脇に下ろし、胸に顔を埋めてきた。

「んっ……」

小さな突起を口に含まれ、先端を舌先で転がされ、さらには花唇を指先で執拗になぞられ、双方から快感が湧き上がってくる。

どうして屋敷に到着するまで待ってくれないのだろう。馬車の中で辱められても抗うことができない己の哀れな境遇に、悲しみが込み上げてきた。

「愛人らしく、淫らに振る舞ったらどうだい？」

胸に埋めている顔を上げてそう言った彼が、嘲るような笑みを浮かべる。

「できない……そんなこと……」

涙を滲ませながら、首を左右に振った。

「自尊心が邪魔をしているみたいだね？　ドレスを脱いで裸になれば、そんなものも吹き飛ぶかもしれないよ」

恐ろしい言葉を口にしてきたアイザックを、唇をわなわなと震わせて見返す。

本気で裸にするつもりでいるのだろうか。そこまでして辱めたいと思うほど、彼に憎まれているのだろうか。

「どうして……いったい私がなにをしたというの？」

怯えきった顔で訊ねたルーシアを、彼が眉根を寄せて見返してくる。

「私のことを憎んでいるのでしょう？　なぜなの？」

向けられるきつい視線に、身体が萎縮していく。

彼の憎しみは確かなもので、明確な理由があるはずだ。彼に会ったのは一度きりでしかないから、理由など思いあたらない。

妹への援助のためにも機嫌を損ねてはいけないと、これまでは気を遣ってきた。よけいなことは訊ねず、彼に従うのだと自らに言い聞かせてきたけれど、今夜のような酷い辱めにはとうてい耐えられそうになかった。

「あぅ……」

黙ったままの彼に、花唇から滑らせてきた指先で花芽をきつく摘まれ、痛みとも快感ともつかない感覚に襲われたルーシアは、あごを跳ね上げる。

「ぃ……や、あぁぁ……」

花芽を守る包皮を捲られ、敏感な先端を指の腹で撫で回され、甘くせつない痺れがそこから広がっていく。

湧き上がってきた快感に身体は打ち震えているのに、無言の攻め立てに不安は募るばかりだ。

彼が否定しなかったのは、憎しみを抱いている証だ。なぜ理由を教えてくれないのだろう。理由がわからなまま辱められるのは辛い。

——君のことを諦めたと思っていたから……

キースの言葉がふと脳裏を過ぎった。

諦めたことと自分に向けられる憎しみとのあいだには、なにか深い関係があるのかもしれない。

運命的な出会いを果たした舞踏会で別れを告げたあと、いったい彼になにがあったのだろうか。

いつ届くかわからない彼からの手紙を待ち続け、再会できる日を夢に見てきた自分の知らないところで、なにかが起きていたのだろうか。

「なぜ私を憎んでいるの……」

いくら考えたところで答えの出ないもどかしさに、ルーシアは溢れ出した涙を拭いもせずに、理由を教えてほしいと濡れた瞳で訴える。

けれど、やはり彼は答えを与えてくれず、こちらを一瞥してくるなり再び露わな乳房に顔を埋めてきた。

「んっ……」

ペロリと舐められただけでツンと尖ってきた乳首を甘噛みされ、むず痒いような感覚に包まれていく。

その余韻に浸る間もなく、長い指で摑んできた柔らかな乳房を揺さぶられ、激しく身震いした。

「やっ……あああっ、あぁぁ……」

「声を我慢しないと御者に聞かれてしまうよ」

小さく笑った彼が、凝った乳首を指先で強く弾いてくる。

軽い痛みを伴う心地よい痺れに、思わず声が出そうになってしまったルーシアは、あたふたと両手で口を塞いだ。

「僕にこうされるのが嫌でしかたないんだろう？　それなのに君は些細な愛撫にも感じてしまうんだね」

痺れている乳首を引っ掻かれ、溢れてきた快感に零れそうになった声を押し殺し、彼の手から逃れようと身を捩った。

「君は天使のように愛らしいのに、身体はすごく淫らなんだな」

アイザックの言葉に羞恥を煽られ、言い返すこともできずに新たな涙を溢れさせる。

彼と再会するまでは、快感がどういったものであるかすら知らなかった。それなのに、彼によって快楽の水底へと引き込まれた身体は、貪欲に快感を求めるまでになってしまっている。

淫らな身体に変えたのはアイザックに他ならない。自分の意思で淫らな身体になったわけじゃない。そう言いたいのに、できないのが悲しくてならなかった。

「ふっ……」

再び胸に顔を埋めてきた彼に、過敏になっている乳首を口に含まれ、音が立つほどにきつく吸われる。

「はっ……ああぁぁ……」

両手で口を覆い隠しているのに、抑えようのない声が指の隙間からこぼれ落ちてきた。

「ぁあ……」

ドレスの中に潜り込ませている手で、疼き始めている花芽を丹念に撫でられ、全身が震え出す。

「そんなふうに腰を突き出して、なにを欲しがっているんだい？」

目を閉じて快楽に酔いしれていたルーシアは、彼の声にハッと我に返った。

彼の手から逃れたい一心で必死に腰を引いていたつもりなのに、気づけば驚くほど迫り出している。

それればかりか、デコルテから出された乳房はそのままで、きつく閉じていたはずの太腿までがだらしなく開いてしまっていた。

あまりにもはしたない己の姿に呆れると同時に、かつてない羞恥に見舞われ、あたふたと乳房をデコルテの中に押し込む。

「お願い……もう……」

「可哀想に、泣くほど身体が疼いているんだね。舞踏会で僕の恋人らしく振る舞えたご褒美に、君が欲しがっているものをあげよう」

涙ながらの制止を無視してきたアイザックが、真っ直ぐにこちらを見てにっこりしたかと思うと、ルーシアの膝上に溜まっているドレスを捲り上げて目の前に跪いてきた。そのまま彼はドレスを被ってしまい、すっかり姿が隠れる。

彼のとんでもない行動に慌て、身体をずらそうとしたところで、ドロワーズの合わせ目を指先で広げられ、予想外の衝撃に動けなくなる。

「ひっ……」

疼く花芽やしっとりと濡れてきている花唇を吐息がかすめ、息が止まりそうになった。

「あ……っ」

花唇に舌を這わされ、走り抜けていったもどかしくも心地よい感覚に、細い肩がぷるっと震える。

さらには花芽を強く吸い上げられ、ビリビリするほどの強い痺れを覚え、なだらかな下腹が妖しく波打つ。

「ふっ……あ、あぁぁ……んんっ、ん……」

大きな声が出そうになり、両手をきつく結んだ唇に押しつける。

「ぅ……ふっ……ん……くっ」

何度も花芽を吸われ、花唇を舌先でなぞられ、双方から湧き上がってくる甘酸っぱい痺れに、身体中の熱が高まっていく。

望んではいない行為なのに、感じてしまう身体の浅ましさを胸の内で嘆く。けれど、どれほど嘆いたところで、疼き始めた身体を抑え込むことなどできない。

それに、一方的に辱められるばかりだから、虚しさが募ってくる。心置きなく快楽に溺れることができたら、どれほど幸せだろうか。生涯、叶わぬことだとわかっていても、愛されて達する悦びを、一度でいいから味わってみたいと思ってしまう。

「あふっ……んんん……くっ」

口を塞いでいる手の中が、熱っぽい吐息でいっぱいになっていく。

「ふ……ぅう……」

花芽と花唇で弾け続ける快感に、いつしかすべての意識が向かっていた。

ぬめった舌先で花芽の頂点を突かれ、蜜が溢れてくる花唇のあいだを舐められ、肌のそこかしこがざわめいている。

執拗な攻め立てによってとめどなく続く甘い痺れに、まるで全身を流れる血までが沸き立っていくようだった。

「やっ……ああ……」

下腹のあたりが絶頂の兆しに支配され始め、両手を口に押しつけたままあごをあげて仰け反る。

結い上げている髪が馬車の壁にあたり、薔薇の飾りがぽとりと落ちたけれど、気にかける余裕もなくなっていた。

「ぁあああぁ――――」

尖った花芽に軽く歯を立てられた瞬間、抗い難い快感の波に呑み込まれたルーシアは、籠もった声をもらしながら頂点を目指していく。

口淫は初めてではなかったけれど、これまでになく感じている。思う存分に声をあげられない状況によって、感度がより鋭敏になっているのかもしれない。

「んふっ」

間もなくして快楽の極みに到達し、あごを上げたまま細い肩を窄めて身震いをする。

身体の隅々まで快感が広がっていく。なんとも言いようのない心地よさに、頭の中が白くなっていった。

こんなにも強烈な快感を味わったことがない。甘い痺れが身体から細波のごとく引いていくとともに、意識までが遠のいていく。

「あぁ……」

口を覆う両手が力なく滑り落ち、そのままカクンと項垂れる。

「ルーシア？」

ドレスの裾を捲って顔を出してきたアイザックの呼びかけは、意識を手放してしまったルーシアの耳にはもう届いてこなかった。

第六章

柔らかな陽差しに包まれた贅沢な居間の窓際に置かれたテーブルで、ルーシアはひとり紅茶を飲んでいた。

白いレースに縁取られた淡いクリーム色のデイ・ドレスを纏い、下ろしたままの長い金色の髪をピンク色の小さなリボンで飾っている。

いつもは一緒に午後のお茶をしているアイザックはいない。彼は一泊の予定で朝から外出してしまったのだ。

彼が一緒だと緊張に包まれてしまうけれど、今日はゆったりとした気持ちで過ごすことができていた。

この屋敷でアイザックの愛人として暮らし始めてから、早いもので一ヶ月が経とうとしている。

彼の愛人でいることが辛く、そばを離れたい思いから叔父に手紙を出したけれど、いまだ返事はきていない。

一昨日、意を決して二通目の手紙を送った。一通目を無視した叔父が返事をくれる可能性は低い。それでも、出してみなければわからないと、自らに言い聞かせていた。

「ルーシアさま、ティモシー・ヴァンガルデさまがお見えですが、お通ししてよろしいでしょうか？」

紅茶を飲むでもなくぼんやりと窓の外を眺めていたルーシアは、訪問客があったことを伝えてきたジョディを驚きの顔で見上げる。

「ティモシーが？」

「お約束がないとのことでしたので、玄関でお待ちいただいております」

メイドの制服に身を包み、両手を前で軽く握り合わせている彼女が、軽く扉のほうを振り返った。

屋敷を約束もなく訪ねてきたことを、彼女はかなり訝しく思っているようでもある。

けれど、ルーシアは従兄弟に会えるのを素直に嬉しく感じた。ティモシーとは特に仲がいいわけではない。それでも、たまに会えば楽しく話をしてきた。年齢がひとつしか違わないせいもあってか、親しみの持てる相手だった。

両親と兄の葬儀の日以来、親族とは一度も顔を合わせていない。アイザックの愛人として屋敷で暮らしているのだから、会いたくても招くことができない。

だから、たとえ普段は疎遠だったティモシーであっても、近しい人と会えると思うと胸が弾む。

「従兄弟なのよ、すぐに通してちょうだい」

「かしこまりました」

弾んだ声で命じるなり、一礼したジョディが急ぎ足で居間をあとにする。

アイザックが留守にしているときでよかった。もし彼がいるときだったら、なにを言われるかわからない。

「それにしても、急にどうしたのかしら……」

椅子の上で居住まいを正したものの、急な訪問の理由がわからないから、そわそわして尻が落ち着かない。

待っている時間がやけに長く感じる。自分で玄関まで迎えに出たほうがよかったかもしれない。

「そういえば、叔父さまに手紙を出したばかり……もしかしたら、手紙を読んだ叔父さまに言われて、ティモシーは訪ねてきたのかしら?」

ふとそう思った瞬間、不安が襲ってきた。

叔父のことだから、話があるのであれば、自分から会いに来いと言ってくるはずだ。それなのに、ティモシーを寄こしたのは、会って話をしたくなかったからだろう。縁を切ったのだから、二度と手紙など寄こすなと本人に直接、釘を刺すために、ティモシーはわざわざ訪ねてきたのかもしれない。

そうだとしたら、叔父に妹の面倒を頼み、自ら働いて生きていきたいという望みが絶たれることになる。

喜んだのもつかの間、重苦しい気分になってしまったルーシアは、椅子に腰掛けたまま肩を落とす。

「ルーシア、久しぶりだね」

居間へと案内されてきたティモシーに声をかけられ、小さく息を吐き出して椅子から立ち上がる。

「ティモシー、会いに来てくれて嬉しいわ」

胸の内は暗雲が立ち込めていたけれど、できるだけ明るく振る舞おうと心がけ、にこやかに歩み寄っていく。

フロックコート姿でトップハットを脇に抱えている彼が、広い居間の中程で足を止め、あたりをさりげなく見回す。

「ギャロウェイ子爵は？」

「今朝から出かけていて、明日にならないと戻らないの」

ルーシアが説明しながらそばまで行くと、安堵にも似た笑みを浮かべた彼が、後方に控えているジョディをさりげなく見やる。

「ねえ、ルーシア、君と二人きりで話したいんだけど……」

耳打ちしてきた彼には大事な話があるように感じられ、ルーシアはすぐさまジョディに声をかけた。

「ジョディ、しばらく下がっていて」

「かしこまりました」

恭しく頭を下げて居間を出て行った彼女が、静かに扉を閉める。

これで居間にはティモシーと二人きりだ。誰の目も気にすることなく、好きなだけ彼と話ができる。

「向こうで話しましょう」

彼を窓際のテーブルへと促しながらも、嬉しくない話だろうと想像がついているから、足取りが重くなってしまう。

ルーシアが先ほどまで座っていた向かいの席を片手で勧めると、彼は抱えていたトップハットをテーブルの端に下ろし、椅子に腰掛けた。

（あっ……）

ティモシーのためにお茶の用意をさせるのを忘れたことに、テーブルに置かれているティーセットを目にして気づく。

「ティモシー、ごめんなさい、すぐにお茶を……」

「いいよ、座って」

テーブルを離れようとしたところで引き留められ、ルーシアは素直に腰を下ろす。

「実は、君がまだギャロウェイ子爵家に世話になっていると父上から聞かされて、居ても立ってもいられなくなったんだ」

「そうなの？」

すぐに話を切り出してきたティモシーを、意外な面持ちで見返した。

彼が訪ねてきたのは、叔父に言われたからではないようだ。なぜ彼は自主的に訪ねてきたのだろうか。

疑問を抱いたルーシアは彼を見つめたまま、膝の上で重ねている両の手をキュッと握りしめる。

「いつまでここにいるつもりなんだい？」

「いつまでと言われても……」

身を乗り出すようにして訊ねられ、答えに窮して視線を手元に落とす。

屋敷を出て暮らしていける目処《めど》がつかない以上、ここに留まるしかない。けれど、いつまで暮らせるかはアイザック次第であり、なにひとつ自分では決められないのだ。

「ずっとギャロウェイ子爵の世話になるわけにはいかないだろう？」

「そうだけど……」

俯いたまま言い淀んだルーシアは、ことさら強く両の手を握りしめた。

ティモシーの口調はとても穏やかで、批難しているわけではなさそうだ。それに、彼の表情を見れば、心配してくれているとわかる。

できることならば、今すぐにでもアイザックのもとを離れたい。彼から辱められるのは辛いばかりだから、早くこんな生活から逃れたいのに、それをティモシーに伝えられないから、もどかしくてならなかった。

「ルーシア、僕とリーガーデン・ハウスに戻らないか？」

彼の思いがけない言葉に、パッと顔を上げる。

生まれ育った屋敷には、もう二度と戻れないと思っていた。それだけに、彼の言ったことがにわかには信じられないでいる。

　だが療養所の費用すら工面してくれなかった叔父のことだ、自分をメイドとして働かせるつもりなのかもしれない。

（それでも……）

　愛人になってからの日々を思い起こし、心が大きく揺れ動く。

　どれほどアイザックから辱められても、彼を心の底から嫌悪できないでいる。未練がましいとわかっていても、初めて会ったときの優しくて魅力的な彼が忘れられず、恋しい気持ちを完全に消すことができないのだ。

　アイザックは恋しい人だけれど、今の彼は別人になってしまっている。彼が自分に触れてくるのは、ただ辱めたいからであって、そこには恋心の欠片もない。

　リーガーデン・ハウスでメイドとして働くのと、アイザックの愛人でいるのと、どちらが辛いかと言えば、後者のような気がしてならなかった。

「父上も君に酷い言い方をしてしまったことを後悔しているんだ。君の部屋はそのままになっているから、これまで通りの暮らしができるよ」

　さらに言葉を続けてきたティモシーを、ルーシアは驚きに目を瞠って見返す。

　彼が自分に嘘をつく理由がない。二人の姪を見捨てたことを、叔父が今になって後悔し始めたとしてもおかしくはなかった。

「嬉しい……私……」

再び家族との思い出のつまったリーガーデン・ハウスで暮らすことができる。あまりの嬉しさに、涙が溢れて声が詰まってしまった。

「すぐにここを出れば、夕食までには戻れる」

さっそく椅子から腰を上げたティモシーが、テーブルを回ってくる。

にこやかに差し出された彼の手を、ルーシアは躊躇うことなく取って席を立つ。

リーガーデン・ハウスに戻れると思うと、胸が弾んでしかたなかった。

「行こうか」

「待って」

テーブルからトップハットを取り上げたティモシーに促されるが、ルーシアはそれを制す。アイザックのことが気にかかっていたからだ。

彼にはさんざん辱められたけれど、当初の約束どおり療養所代を工面してくれただけでなく、自分には贅沢な暮らしをさせてくれたのだ。

留守にしているからといって、挨拶もせずにここを出て行くような真似はできない。

「どうしたんだい？」

立ち止まった彼が、訝しげな顔で見てくる。

「ギャロウェイ子爵にお礼を……」

「帰りは明日の予定なんだろう？」

渋ったような声をもらしたティモシーが、眉根を寄せて見返してきた。

「でも、お世話になったのに、黙って出て行くのは……」

ここからリーガーデン・ハウスまでは、馬車で四、五時間かかる。出直してきてくれとは言い難い距離だ。

アイザックに黙って屋敷を出たくはない。けれど、ティモシーに迷惑をかけたくない思いもあり、どうすればいいのだろうかと困惑してしまう。

「そうだな……それなら、書き置きを残していったらどうかな？　後日、改めて礼に伺いますって、そう書いておけば彼も納得してくれるよ」

「そうね、そうするわ」

屋敷を出る前に書き置きを残すことを決めたルーシアが微笑むと、再びティモシーが歩き始めた。

アイザックには、礼を言う必要がある。それでも、リーガーデン・ハウスに戻ると言えば、彼が怒り出すような気がして、面と向かって伝えるのが怖くもあった。

書き置きを残していくことに思いが至らなかっただけに、提案してくれたティモシーに感謝の気持ちでいっぱいになる。

「私の荷物はどうしたらいいかしら？」

「あとで誰かに取りにこさせるから、君は心配しなくていいんだよ」

柔らかな笑みを浮かべたティモシーが、腕に添えているルーシアの小さな手を、安心させるように優しく叩いてくる。

彼とは一年に一度、顔を合わせるくらいだったけれど、態度が横柄で傲慢な叔父とは対照的に、控えめでおとなしい印象しか持っていなかった。

こんなにも彼を頼もしく感じたのは初めてのことで、驚きが大きかったけれど、訪ねてきてくれたことを心から嬉しく感じている。

「わかったわ」

笑顔でうなずき返したルーシアは、再びリーガーデン・ハウスで暮らせる喜びに胸を熱くしながら、ティモシーとともに居間をあとにしていた。

＊＊＊＊＊

ルーシアとティモシーを乗せてギャロウェイ子爵邸を出た馬車は、予定していた時刻より遙かに遅れてリーガーデン・ハウスに到着した。

道のり半ばで泥濘《ぬかるみ》に車輪が嵌まってしまい、抜け出すまでに時間を要したのだ。その後は順調に走っていたが、とても夕食には間に合いそうにもなく、途中にある村に立ち寄り軽く食事をすませてきた。

もとより馬車での移動は快適とは言い難いため、辿り着いたときには身体のあちこちが軋んでいたのに、生まれ育った屋敷に戻れた喜びのほうが大きく、ルーシアは痛みや疲れを感じることもなかった。

一ヶ月ぶりに戻った我が家の玄関ホールをひとしきり眺め、出迎えた執事にトップハットを渡しているティモシーを振り返る。

「こんな時間になってしまったけれど、叔父さまたちに会えるかしら？」

これから世話になる叔父と叔母に挨拶をしたい思いがあるルーシアが訊ねると、ティモシーが小さく笑って肩をすくめた。

「二人ともまだ戻っていないと思う。シーズン中はいつも帰りが遅いんだよ」

「そう……」

「明日になれば会えるんだし、今夜はゆっくり休んだほうがいいよ」

「ええ、そうするわ」

会えないのは残念だったけれど、社交界はシーズン真っ盛りであり、伯爵となった叔父は妻を伴い、舞踏会などに足繁く通っているのだろうと察せられ、諦めることにした。

「今日は本当にありがとう」

両手をティモシーの肩に乗せたルーシアは、背伸びをして彼の頬に軽く唇を寄せる。

「おやすみなさい」

柔らかに微笑むと、彼がどこか照れたように笑った。

「部屋まで一緒に行こうか？」

「大丈夫、自分の部屋ですもの」

満面の笑みで答え、広い玄関ホールの斜め前方に設けられた階段へと足を向ける。

リーガーデン・ハウスには、幾つもの階段があった。隠し扉の向こう側には、使用人たちが使う階段もある。

真っ直ぐに足を向けた先にある緩やかな螺旋《らせん》を描く階段は、私的な部屋がある三階に直接続いていて、ここで暮らす家族のためだけにあった。

軽やかな足取りで階段を上っていき、三階へとやってきたルーシアは、迷うことなく自分の部屋へと足を進める。

左右の壁には優雅な形をした燭台《しょくだい》が等間隔で並んでいて、蝋燭《ろうそく》に灯された火が廊下を照らし出していた。

壁を飾る大きな額に納められた風景画も、大理石の台座に鎮座する東洋の焼き物も、すべてがそのまま残されている。

使用人たちは知らない顔ばかりになってしまったけれど、リーガーデン・ハウス自体はなにひとつ変わっていない。

「ふぅ……」

自室の前で足を止めたルーシアは、扉の脇に置かれている台の上から燭台を取り上げ、手を伸ばして廊下を照らす蝋燭の炎を移し取る。

燭台を手に扉を開けると、揺らめく蝋燭の炎に部屋がぼんやりと浮かび上がってきた。

最後にこの部屋に足を踏み入れたのは、アイザックと二人で身の回りのものを取りに来たときだ。

それから部屋が使われていないのは、一目瞭然だった。部屋に置かれている家具のすべてに、埃が溜まらないよう白い布がかけられていたのだ。

「また、ここで暮らせるのね……」

感無量の思いで足を踏み入れ、扉を静かに閉めたルーシアは、燭台をベッド脇の小さなテーブルに下ろす。

それから、家具を覆っている布を一枚ずつ外していった。外した布は簡単に折りたたんで長椅子に積み上げ、一通り部屋を眺めてからベッドに仰向けに横たわる。

長い金色の髪が寝具の上にふわりと広がり、柔らかなドレスの裾が音もなく波打つ。

見慣れた天蓋、白い壁、可愛らしい置き時計が載ったマントルピースを見ていると、嬉しさに涙が溢れてきた。

「ああ、この手触り……なんて気持ちがいいの……」

寝転がったまま手袋を外し、青いシルクサテンで仕立てた上掛けを、懐かしむように撫で回す。

自分の部屋にいるというだけで、気持ちが安らかになってきた。この一ヶ月のあいだ、けっして味わうことができなかった感覚に、静かに息を吐き出して目を閉じる。

「ゆっくり眠れそうだわ」

むくりと起き上がってベッドを下りたルーシアは、身仕舞いをする小部屋へと足早に向かう。

窮屈なドレスを脱ぎ捨て、戸棚から取り出した夜着に着替えた。足首まで隠れる長い夜着は薄い絹地で仕立ててある。どこも締めつけることがない形状になっていて、頭から被るだけでストンと足元までが覆われた。

これで伸び伸びと眠ることができると思うと、脱ぎ捨てたドレスを片づけるのも面倒になり、そのまま小部屋を出て行く。

「そうだわ、お父さまの部屋……」

すぐに寝ようと思っていたのに、ふとした思いつきにベッドの手前で足を止める。

あまりにも突然、両親と兄がこの世を去ってしまい、やり場のない悲しみに暮れていたルーシアは、幾日も抜け殻のような状態で過ごしてきた。両親や兄の遺品を片づける気力もなく、なにも手をつけていない。

葬儀の日を最後に屋敷を出てしまったため、彼らの部屋がどうなっているか気になり、居ても立ってもいられなくなる。

ベッドの脇に置かれたテーブルから燭台を取り上げ、夜着のまま部屋を出ていく。

「叔父さまが使っているのかしら……」

当主であった父親の寝室は、他のどの部屋よりも広く、贅沢な造りになっている。

爵位を受け継いで新たな当主となった叔父は、とうぜん父親の寝室を使っているはずであり、許可なく足を踏み入れることはできない。

母親と兄の寝室にしても同じだ。それぞれを、叔母とティモシーが使っているに違いない。

「書斎なら……」

家族の思い出となるような品に触れたい気持ちが消えず、ルーシアは廊下の先にある書斎を目指す。

父親は娘が書斎に入ることをあまり好まなかったため、数えるほどしか足を踏み入れたことがない。

いったい、いつぶりだろうかと思いつつ静かに扉を開けた。燭台を手にしたまま中に入り、扉を閉めてあたりを見回す。

壁一面に設えられた重厚な棚には、背に箔《はく》押しが施された分厚い書物がずらりと並んでいる。中央には団欒《だんらん》のためのソファ、棚を背にして横長の大きな机、そして、窓際にくつろいで書物を読むための長椅子と、楕円形の小さなテーブルが置かれていた。

綺麗好きで几帳面だった父親は、机の上に限られたものしか置いていなかった。燭台、ペン皿、インク壺、たまに読みかけの書物があったくらいだ。

「叔父さまは使っていないのかしら……」

記憶に残っている書斎の風景と、まったく変わっていないように感じられる。

手つかずになっているのであれば、思い出になる品が残っているかもしれない。

そう思ったルーシアは手にした燭台を机に下ろし、大きな椅子をそっと引き出した。

机には幾つもの引き出しがある。生前の父親は、常々、勝手に引き出しを開けてはいけないと口にしていたが、もう叱られることもない。

まず、机の中央にある、横幅が広くて薄い引き出しに手をかけた。開けてみると、そこには白い便せんと封筒が入っていた。

まだなにも書かれていない便せんと封筒には、伯爵家の紋章がうっすらと浮かび上がっている。

中を探るまでもないと思え、片手で引き出しを押し戻し、その横にある幅の狭い引き出しを開けてみた。

入っていたのは細い紐で束ねられた何枚ものカードで、舞踏会や晩餐会などの招待状のようだ。

手にとって見たけれど、父親の手による文字が書かれているわけでもなく、思い出の品とは言い難い。

続けて、その下の引き出しを開けてみるが、こちらには紙の箱に収められた未使用のカードが入っていた。

「本当に几帳面なんだから」

どこまでもきっちりとしていることに呆れてため息をついたルーシアは、一番下の引き出しを開ける。

これまでの引き出しの中とは異なり、細い紐で十字に縛られた箱が入っていた。細い紐がやけに固く結ばれているのは、二度と開けるつもりがなかったからだろうか。

「なにが入っているのかしら……」

取り出した箱を机の上に置いてみたはいいが、紐の結び目はとても解けそうにない。

ペン皿にペーパーナイフがあることに気づき、それを使ってみたけれど、紐を切ることはできなかった。

ならば力尽くで外すしかないと、箱を手に取る。指先を紐に引っかけて強引に箱の角にずらすと、紙で作られている箱が歪み、思いのほか簡単に外れた。

「あっ……」

紐が緩んだとたんに箱が手から滑り落ち、床にぶつかった反動でフタが開き、中に入っていた封筒が足元に散らばる。

「やだ……」

その場にしゃがみ込み、封筒を両手で掻き集めていく。

「これで全部かしら？」

床に目を凝らし、拾い忘れがないかを確認して立ち上がり、ばらばらになってしまった封筒を机の上でトントンと揃える。

「えっ？」

宛名が自分の名前であることに気づき、綺麗に揃えた封筒を手早く繰っていく。

手紙は全部で十通あった。そのどれもが自分宛になっている。そればかりか、差出人の名前はアイザックだった。

「どういうこと？　なぜお父さまが……」

自分宛に送られたアイザックからの手紙が、どうして父親の書斎にあるのかがわからず愕然とする。

「アイザック……」

指先が震えていたが、彼からの手紙を読みたい一心で封筒から便せんを取り出し、蝋燭の炎に翳して目を通していく。

『愛するルーシア、これは何通目の手紙になるだろうか……君からの返事を待つあいだがもどかしくて、手紙を書かずにはいられないんだ。愛する気持ちを君に伝えたくて、書いても書いても書き足りなくて、毎日のように手紙を書いてしまうんだ。早く君に会って愛を言葉にして伝えたい……』

声に出して読んでいたルーシアの唇がわななき出す。

アイザックは自分を弄んだのではなかった。あの場限りの言葉ではなかった。彼は自分を愛してくれていた。

初めて目にした彼の手紙に涙を溢れさせながら、すべてに目を通していく。綴られた熱い思いにさらなる涙が溢れ、頬を伝ってポタポタと机に滴り落ちたけれど、かまわず読み続ける。

「アイザック……私もあなたを……」

最後の一通を読み終えるなり、手紙を握り締めたままその場に頽れた。

ずっと待ち焦がれていた彼からの手紙は、どうして自分のもとに届かなかったのだろうか。なぜ父親が持っていたのだろうか。

泣き濡れながら必死に思いを巡らせたルーシアは、社交界にデビューする前日に、父親から言われた言葉をふと思い出した。

――おまえは由緒ある伯爵家の娘だから、財産を狙ってくる輩《やから》もいるだろう。身分の低い貴族になど、絶対に惑わされないようにするのだよ。

地位を重んじる父親に諭《さと》され、身分の差など気にしていないのにと思いながらも、素直に「はい」と返事をしたのだ。

けれど、そんなことはしばらくするとすっかり忘れてしまっていた。だから、アイザックから身分が違うことを指摘されても、気にしていないと正直に答えたのだ。

「アイザックが子爵家の生まれだから……？」

たいせつな娘に手紙を送ってきたアイザックについて、父親はすぐさま調べさせたのだろう。いや、調べるまでもなく、ギャロウェイという名を見て察したのかもしれない。

アイザックはギャロウェイ家の長子であり、爵位を継ぐ立場にあった。それでも、伯爵より下位の子爵だから、結婚相手として相応しくないと判断したに違いない。

父親はアイザックからの手紙を手元に留め、何食わぬ顔で上位の貴族令息を屋敷に招いては、娘と引き合わせて結婚させようとしていたのだ。

娘を良家に嫁がせたい、幸せになってもらいたいという親心だとしても、手紙を隠したことはどうしても許せなかった。

「だから私を……」

アイザックが自分に向けてきた憎しみの理由が、ようやくわかった。

熱い思いを綴った何通もの手紙に対して、こちらは一度として返事を出していない。

結婚を前提につきあいたいという申し出を喜んで承諾しておきながら、手紙を無視し続けたのだから、彼が怒りを覚えるのもとうぜんだ。

「だから、諦めたと……」

先日の舞踏会で会ったキースの言葉が脳裏を過ぎる。

結婚を考えていた相手に裏切られたことを、アイザックは友人であるキースに打ち明けていたのだ。

何度も手紙を送っているのに、返事がなければ諦めるしかない。そのときの彼の気持ちを思うと、胸が締めつけられた。

アイザックからの手紙を無視するわけがない。愛がたっぷりと詰まった手紙を読んでいたら、届いたその日に返事を出していた。

「ごめんなさい……」

一刻も早く誤解を解かなければ、アイザックに会って事実を伝えなければと、気ばかりが急いてくる。

ずっと手紙を待ち続けていた。結婚して幸せな家庭を築きたいと思っていた。恋したのはアイザックひとりしかいない。再会する日を夢見てきた。すべてを彼に知ってほしい。

「どうしたらいいの……」

机に片手をついてよろよろと立ち上がったルーシアは、アイザックから送られたすべての手紙を取り上げ、燭台を手に書斎をあとにする。

項垂れたまま廊下を歩いて自室へと戻り、燭台をサイドテーブルに置いてベッドに腰かけ、手にしている手紙を見つめた。

「アイザック……」

大きな瞳からこぼれ落ちた涙に、封筒に書かれた宛名が滲んでいく。

いますぐ彼のいるギャロウェイ子爵邸に戻りたい。けれど、こんな夜中にひとりで屋敷を出ることはできない。朝まで待って、それからティモシーに理由を説明して、馬車の用意をしてもらうしかなさそうだ。

「ごめんなさい……」

悪いのは手紙を隠した父親だけれど、娘のためを思ってやったことだとわかっているから、罪の意識を覚えてしまう。

「アイザック、早く会いたい……」

彼からの手紙を胸に抱きしめ、そっと身体を横たえる。

夜明けまであとどれくらいあるのだろうか。いつもであれば、眠ってしまえばすぐに朝が訪れる。けれど、今夜はとても眠れそうにない。

アイザックに会いたい気持ちを募らせるルーシアは、愛が綴られた手紙をしっかりと胸に抱いたまま、悲しみに泣き濡れていた。

第七章

眠れぬままぼんやりと一夜を明かしたルーシアは、カーテンの隙間から差し込んでくる陽差しに気づいて身体を起こした。

「はぁ……」

全身が気怠かったけれど、まずはティモシーに会って話をする必要がある。

事情を説明すれば、優しい彼はすぐに馬車を用意してくれるだろう。

「早く身仕舞いをしなければ……」

気怠い身体に鞭打って、のそのそとベッドを下りる。

『ルーシア、起きているかい？』

ノックのあとにティモシーの声が聞こえ、ハッとした顔で立ち竦む。

従兄弟であっても、夜着姿を見られることには抵抗があった。せめてガウンでも羽織っていればと思い、ルーシアは小部屋に足を向ける。

「ルーシア、入るよ」

返事をする間もなく扉が開き、ティモシーが姿を見せた。

「ごめんなさい、ガウンを羽織ろうと思って……」

小部屋に駆け込んで戸棚からガウンを取り出し、あたふたと袖を通して部屋に戻る。

「僕のほうこそ申し訳ない。返事がないから、具合が悪いのかと思って心配してしまったよ」

「心配してくれて、ありがとう」

ガウンの前を掛け合わせながら、ティモシーに歩み寄っていく。

髪をきちんと撫でつけ、ラウンジスーツを纏っている彼は、空色のクラヴァットを首に巻いている。よく眠れたのか、すっきりとした顔をしていた。

「父上たちはしばらく起きそうにないから、一緒に朝食をどうかなと思って誘いにきたんだ」

ティモシーの気遣いは嬉しかったけれど、ルーシアは早くアイザックに会いたくてしかたなかった。

「あの、馬車を用意してもらえないかしら？」

あまりにも唐突な言葉に、彼が眉根を寄せて見返してくる。

「どこか行きたいところがあるのかい？」

「アイザックの誤解をすぐに解きたいの。私たち、誤解から気持ちがすれ違ってしまっていて……」

　気持ちが急くあまり、順を追って話すことができず、ティモシーが理解に苦しむような顔で首を傾げた。

「アイザックって、ギャロウェイ子爵のこと？」

「そうよ、私たち結婚を前提におつきあいをするはずだったのに、お父さまのせいで誤解が生まれてしまったのよ。それがわかったから、すぐアイザックに会いに行きたいの」

　声を弾ませたルーシアの腕を、眉を吊り上げたティモシーが乱暴に摑んでくる。

「なっ……」

　痛いほどに指が腕に食い込み、顔をしかめて彼を見返す。

「せっかく連れ戻したのに、勝手なことを言うな」

　怒りを露わにしてきた彼に、ベッドへと引っ張って行かれる。

　急変した彼に恐怖を覚え、手を振り解こうと必死になるけれど、力ではとうてい敵わない。勢いよくベッドに身体を投げ出され、横向きに倒れ込む。

「なにをするの？　乱暴な真似をしないで」

「うるさい」

怒鳴り声をあげた彼が、起き上がろうとしたルーシアにのし掛かってきた。

腰を跨がれ、両の肩を押さえつけられ、身動きが取れなくなる。

「やめて、触らないで」

「おまえはもう伯爵令嬢でもなんでもないいんだ、いまさらお嬢さまぶるな」

負けじと声を張り上げたのに、酷い言われ方をして言葉を失う。

あんなに優しかったのに、いったいどうしてしまったのだろう。見下ろしてくる彼が怖くてたまらない。

「結婚を前提におつきあいだ？　一文無しになったおまえが貴族と結婚なんかできるわけないだろうに」

ティモシーが嘲笑いながら、捲れ上がった夜着の裾から手を入れてくる。

彼の手が触れた瞬間、全身が総毛立ち、我慢しがたい嫌悪感から咄嗟に両手で突き飛ばしていた。

不意を突かれた彼が、ベッドの上に転がる。その隙を突いてベッドから飛び降り、一目散に扉に向かう。

「待て！　おまえはもう僕のものだ。父上からも好きにしていいと言われてるんだぞ」

背中越しに声が聞こえてきたけれど、振り返ることなく扉を開けて廊下に飛び出す。

「ルーシア！」

まだ声が聞こえてくる。

彼に捕まってしまったら、なにをされるかわからない。

どうして彼を信じてしまったのだろう。あの非情な叔父の息子なのだから、優しさなんかあるわけがないのだ。

のこのことついてきてしまったことが悔やまれてならない。疑いを持たなかった愚かな己が情けなくてならなかった。

「ルーシア、待つんだ」

懸命に走っていても、声がどんどん近づいてくる。

この屋敷には、誰ひとり味方になってくれる人はいない。使用人たちも、ティモシーの命に従うはずだ。

「アイザック……助けて……」

縋れるのは彼しかいないのに、どれほど叫んだところで声が届くことはない。

誤解を解くこともできずに、ティモシーに穢されてしまうのだろうか。

純潔はアイザックのために残しておいたものだ。卑劣な従兄弟になど絶対に奪われたくない。

どんなことがあっても、ティモシーの手から逃れるのだ。その思いだけで夜着の裾をたくし上げたルーシアは、住み慣れたリーガーデン・ハウスの廊下を走り抜け、玄関ホールへと続く階段を駆け下りていった。

＊＊＊＊＊

「旦那さまはまだお休みでございます。面識がおありとはいえ、このように早い時間にお約束もなく訊ねてこられましても、お取り次ぎはいたしかねます」

応対に出てきたヴァンガルデ伯爵家に仕える執事の慇懃無礼な態度に、アイザックは表情こそ平静を取り繕っていたけれど、胸の内ではかなりの苛立ちを覚えていた。

外出先の宿で寝床に入ったけれど、わけのわからない胸騒ぎを覚え、寝ている御者を叩き起こして馬車に乗り、急ぎ屋敷に帰った。

深夜にもかかわらず出迎えた執事から、ルーシアから預かったという手紙を渡され、その内容に愕然としたアイザックは、休む間もなく馬車に戻り、リーガーデン・ハウスへとやってきたのだ。

身仕舞いをする余裕もなかったため、ラウンジスーツにマントを羽織っている。早朝から貴族の屋敷を訪ねるには相応しくない姿だ。

ヴァンガルデ伯爵家の執事が取り次ぎを頑なに拒むのは、訪問の約束が交わされていないことに加え、礼儀を欠いた服装で訊ねてきたこともあるだろう。

けれど、アイザックはここで引き下がるつもりはなかった。自分が留守のあいだに、置き手紙だけを残して屋敷を逃げ出したルーシアが許し難く、どうあっても連れ戻すつもりなのだ。

「失礼なのは承知しているが、急な用事で……」

執事を説き伏せようとしたそのとき、眩い金色の髪をなびかせながら、階段を駆け下りてくる夜着にガウンを羽織ったルーシアの姿が目に飛び込んできた。

「ルーシア！」

大きな声をあげたアイザックは、前に立ちはだかっている執事を脇に押し退け、ルーシアに駆け寄って行く。

「ルーシア、逃げても無駄だ！　おとなしく戻ってこい」

高い位置から聞こえてきた怒鳴り声に、走りながら視線を上げてみると、若い男が踊り場に姿を現した。

顔に見覚えがある。葬儀を終えてからこの屋敷に立ち寄ったとき、ルーシアに声をかけてきたあの青年——彼女の従兄弟だ。そして、彼女を屋敷から連れ出した張本人でもある。

残されていた置き手紙には、『従兄弟が迎えに来てくれたので、リーガーデン・ハウスに戻ることにしました。改めてご挨拶に伺わせていただきます。ルーシア』と記されていたのだ。それなのに、彼女は今、その迎えに来たはずの従兄弟から追いかけられている。

傍目には解せない状況であるけれど、夜着姿で必死に逃げている彼女と、恐ろしい形相で追っている彼を見れば、状況は容易に察せられた。

従兄弟が牙を隠した狼であることに気づかず、迎えに来てくれたことを喜んだルーシアは、叔父家族と幸せに暮らしていけると勘違いし、生まれ育った屋敷に戻ることを決めたのだろう。

ルーシアを奪われてなるものか。自分以外の男が彼女に触れるなど許し難い。そうした思いが一気に込み上げてきた。

「ルーシア、こっちだ」

「アイザック……」

ようやくアイザックの存在に気づいたルーシアが、驚きの顔で足を止めてしまう。

「止まるな、早くこっちに来るんだ」

声をあげながら全速力で駆け寄り、呆然としている彼女の手を握り取る。

「帰るぞ」

短く言い放ち、しっかりと彼女の手を握り直して玄関の扉へと走り出す。

「お待ちください」

「どいてくれ」

止めに入ってきた執事を突き飛ばし、振り返ることなく待機させている馬車に急ぐ。

後方から複数の足音が聞こえてくる。追ってくるのは、ティモシーと執事だけではなさそうだ。騒ぎを聞きつけたフットマンたちが、加勢してきたのかもしれない。

とにかくルーシアを連れて帰らなければと、それだけの思いを胸にアイザックは懸命に走る。

「あっ……」

足を取られたのか、不意にルーシアと手を繋いでいる腕が引っ張られた。

「大丈夫か？」

足を止めて振り返ったアイザックを、その場にへたり込んでいる彼女が細い肩を激しく上下させながら、涙に濡れた瞳で見上げてくる。

その瞳は、もう走れないと訴えていた。耳に届いてくるほど呼吸が荒く、息も絶え絶えといった感じだ。

「さあ、僕に摑まって」

屈み込んで彼女の膝裏をすくい、両の腕で抱き上げたアイザックは、馬車の脇に立って訝しげにこちらを見ている御者を大声で急かす。

「早く扉を開けろ」

あたふたと御者が扉が開け、ルーシアを抱き上げたまま乗り込む。

「急いで屋敷に戻ってくれ」

扉を閉めている御者をまたしても急かし、彼女をそっと隣に座らせると、間もなくして馬車が動き出した。

羽織っているガウンの前を両手でかき合わせ、身を縮めて項垂れている彼女は、今にも消えてしまいそうなほどか弱く見える。

屋敷を逃げ出したりしなければ、こんなことにはならなかった。怖い思いをしたのは、自分勝手な真似をした報いだ。

抱きしめて慰めてやりたい気持ちがあるのに、彼女に対する怒りにそうした思いが抑え込まれてしまう。

「どれほど僕を嫌っていようと、僕から逃げることは許さない。僕と交わした契約を忘れるな」

ガタゴトと揺れる馬車の中で、怒りのあまり語気も荒く言い放つと、ルーシアが涙に濡れた顔を上げてきた。

「違うの……あなたは誤解しているのよ……」

「誤解？　いったい僕がなにを誤解していると言うんだ」

アイザックは顔がよく見えるよう斜めに座り直し、涙に頬を濡らし、唇を震わせている彼女を見返す。

「あなたは……あなたは私の初恋の人なの……舞踏会で初めて会ったあなたに恋をして、ずっとあなたからの手紙を待ち焦がれていたの……」

いったん言葉を切ったルーシアが、上目遣いでこちらを見てきた。

大きな紫色の瞳が、信じてほしいと訴えかけてきているようでもある。けれど、何通も手紙を出しているアイザックは、彼女の言葉を信じることができなかった。

「私……あなたからの手紙を受け取っていなかったの……父がすべて隠してしまっていた

から……それを昨夜、父の書斎で見つけて……」

「いまさらそんな嘘が僕に通じると思っているのか？」

怒りにまかせて声を荒らげると、彼女がビクッと肩を震わせた。けれど、それで黙り込むことはなかった。

「嘘なんてついていないわ。本当に、手紙が来ていたことを知らなかったのよ。父は身分を気にする人だったから、きっとそれで……」

「嘘をつくならもっと上手くやったほうがいい。娘から嘘をなすりつけられて、父上もさぞかし天国で悲しんでいることだろうな」

「どうして……私は本当に……」

彼女の大きな瞳から大粒の涙が溢れ出す。

真実を打ち明け、そして、詫びてくれたなら、怒りも少しは治まったかもしれない。

けれど、彼女はこの期に及んでまで嘘をついてきた。叔父に見捨てられたあげく従兄弟に裏切られ、本当に誰も頼れなくなってしまったから、保身のために嘘をついてきたのだろう。

容易く騙されるとでも思っていたなら、あさはかとしか言いようがない。世の中には通じる嘘と通じない嘘があることを彼女は知るべきだ。

「私、ずっとあなたのことを思ってきたのよ……」

ルーシアが溢れる涙を拭いもせず、アイザックの膝に手を置いて身を乗り出してくる。

「憎まれてもしかたないと思っているわ……でも、今も私の気持ちは変わっていないの、あのときのままなの……」

彼女は涙ながらに訴えてきたが、必死な様子を見るほどに怒りが大きくなっていく。

「君の嘘などもう聞き飽きた」

声高に言い放ち、驚きに目を瞠った彼女の肩を摑む。

「なにをするの？」

彼女は身を硬くしたけれど、かまわず座席に押し倒す。

仰向けになった拍子に彼女が羽織っているガウンの前がはだけ、薄い夜着に胸の小さな突起が透けて見えた。

触れてもいないのにツッと尖っている乳首を目にしたとたん、彼女がティモシーに追われていたことを思い出す。

従兄弟から襲われそうになり、彼女は慌てて逃げ出してきたのだと勝手に思い込んだ。

けれど、なにもされていないとはかぎらない。無理強いされたから、夜着のまま部屋を飛び出してきたのかもしれないのだ。

「あいつになにをされた?」

夜着の上から豊かな両の乳房を鷲摑みにする。

「なっ……」

彼女が息を呑んで見上げてきた。

「正直に言うんだ」

「なにもされていないわ、やめて……」

すぐさま言い返してきた彼女が、アイザックの胸に両の手を押しつけてくる。

力任せに押し返してきたけれど、華奢な彼女を組み伏せるのは容易い。

「君の言葉は信じられない。僕がこの手で確かめてやる」

湧き上がってくる憤りを抑えられず、長い夜着の裾を摑んで一気に捲り上げた。

ドロワーズが露わになり、彼女が慌てたように身を捩って逃げ惑う。

「感じやすい君は、従兄弟に触られても感じたんじゃないのか?」

片手をドロワーズに包まれた腿に置き、ゆるゆるとつけ根に向けて滑らせていく。

「なにもされていないわ、あなたなんか嫌いよ、もう私にかまわないで……」

両手で顔を覆った彼女が、声を抑えることなく泣き始める。

「ついに本音を口にしたな」

嘘をつくことを諦めた彼女を一瞥し、腿から手を離したアイザックは、ゆっくりとマントを脱ぎ、手袋を外していく。

「ドロワーズを脱ぐんだ」

「嫌よ」

命令を拒んだ彼女が、そっぽを向く。

「言うことが聞けないなら、リーガーデン・ハウスに戻るぞ」

素手で彼女のあごを捕らえ、涙に濡れた大きな瞳を見据える。

生まれ育った屋敷で従兄弟に辱められるか、服従の契約を果たすか、彼女が生きていく道は二つにひとつだ。

どちらも彼女にとっては辛いものだろう。けれど、彼女は自分と一緒に暮らすことを選ぶはずだと、アイザックは確信している。

一度はルーシアを見捨てた叔父が、彼女を家族として受け入れるとはとても思えない。リーガーデン・ハウスに戻れば、叔父からは使用人のごとくこきつかわれ、従兄弟からは好き勝手にされるのは目に見えていた。

契約という名のもとに望まない行為を強いられるにせよ、これまでどおりの贅沢な暮らしができるほうがいいに決まっているのだ。

案の定、脅しに屈した彼女が、のろのろと身体を起こしてドロワーズを脱ぎ始めた。

「君は僕に逆らえない、いいね？」

従順になったルーシアに優しく言い聞かせ、恥じらいながらも下肢を露わにしていく姿を見つめる。

先ほど彼女が口にした言葉が真実だったなら、どれほど嬉しかっただろう。彼女が本当に自分を好きでいてくれたなら、誤解から生まれた憎しみなどすぐに消えたはずだ。

けれど、どれもが心にもない言葉なのだ。あの日、舞踏会で会った彼女がそうだったように、今も平気で嘘をつくのだ。

心《しん》から彼女に嫌われていることがわかった。もう、契約を盾に辱めるようなことは終わりにすべきだ。この関係を続けるのは不毛でしかない。頭ではそう思うのに、彼女を手放すことに躊躇いを覚える。

心まで手にいれることができないとわかっていても、もしかしたらいずれどこかで振り向いてくれるかもしれないと、そんなことを考えてしまうのだ。

往生際の悪さに自分でも呆れているけれど、彼女を求める気持ちを打ち消すことはできなかった。

「後ろ向きで僕を跨いで」

ドロワーズを脱いだルーシアに命じ、片手を差し伸べる。

おずおずと手を取ってきた彼女が、言われるままに背を向けてアイザックの脚を跨いできた。

長い金の髪に頬をくすぐられる。柔らかな髪の感触を楽しみたかったけれど、いまは邪魔になるだけだ。

ふわふわと広がる髪を軽く纏めて片側に寄せ、彼女の腹を抱え、露わな細い肩にあごを乗せる。彼女は小さく身震いしたけれど、抗うことはなかった。

「おとなしくしていれば、いつでも気持ちよくしてあげるよ」

耳元で囁き、首筋に唇を這わせていく。

ルーシアをこの手に抱くほどに、心を手に入れることができないことを思い知らされて虚しさが募る。

それでも、彼女を求めてしまうアイザックは、ままならない現実を嘆きながら、柔らかな肌を貪っていた。

第八章

アイザックによって何度も頂点へと導かれて放心状態にあったルーシアは、馬車がギャロウェイ子爵邸に到着したことにも気づかなかった。

「着いたよ」

肩をそっと揺さぶられ、ハッと我に返る。

瞬きをして彼を見返すと、手にしているマントで身体を包まれた。

夜着にガウンを羽織っているだけで、ドロワーズは脱ぎ捨てたままだ。さすがにこのまま馬車から降ろすわけにはいかないと思ったのだろう。

屋敷内とはいえ、恥ずかしい姿で歩かずにすむのは有り難く、ルーシアは黙って為されるがままになっていた。

「こちらに」

御者が開けた扉から先に降りた彼が、両の手を差し伸べてくる。

座席の上で尻をずらして扉に身体を寄せるなり腰を摑まれ、馬車の外に引き出された。

「あっ……」

地面に下ろすことなく、マントに包まれた身体をそのまま抱き上げられ、ルーシアは驚きに目を瞠る。

「君に見せたいものがある」

不機嫌な声で言い放たれ、にわかに恐怖を覚えた。

事実を打ち明けたのに、彼は信じてくれなかったばかりか、これまで以上に憎しみをぶつけてきた。

手紙が来ていたことすら知らなかったのだから、返事を出せるわけがない。嘘などついていないのに、どうして一刀両断してきたのだろうか。

彼は熱い思いを綴った手紙を何通も送ってくれたけれど、その愛も今は欠片も残っていないのだろうか。

すべてが誤解だったとわかれば、彼が抱いてきた自分に対する憎しみも消えてなくなると思っていた。互いに愛を確認し合い、喜びの中で抱き合えると思っていた。

それなのに、なにひとつとして想像どおりに行かなかったのだから、ルーシアの困惑は大きい。

「おかえりなさいませ」

迎えに出た執事に軽くうなずき返して玄関ホールに入ったアイザックは、足を止めることなく階段に向かう。

「自分で歩きますから、下ろしてください」

抱き上げたままでは大変だろうと思ったのに、彼はルーシアを下ろさないどころか、なにも言うことなく階段を上っていく。

二階の踊り場に着いても少しも休まず、すぐに三階を目指す。一段、また一段と階段を上がっていく彼が、なにを考えているのかさっぱりわからないでいる。

三階に着いてもなおルーシアを抱き上げて歩き続けた彼が、自室の前で足を止めるとようやく下ろしてくれた。

「入って」

扉を開けたアイザックに促され、マントを纏ったまま部屋に入っていく。

彼の部屋に足を踏み入れるのは初めてだ。豪奢な造りはルーシアに与えられた部屋と大差なかったけれど、広さは倍ほどあった。

白い柱に抱《いだ》かれた高い丸天井には、愛らしい二人の天使が描かれている。大きなマントルピースの前には、楽々と横になって眠ることができる長椅子と、足置き、そして、細長いテーブルが置かれていた。

「座って」

片手でベッドを示され、不安を覚えつつも素直に従う。

四隅に滑らかな輝きを放つ金の柱があり、透かし模様が施された天蓋からは、濃紺の柔らかな幕が垂れている。

茜色《あかね》の上掛けは厚手のシルクで、腰かけることに躊躇を感じてしまうほど、皺ひとつなかった。

上掛けを乱さないよう、できるだけ端に腰を下ろし、両手を膝に置いたルーシアは、部屋の片隅へと足を進めた彼をおとなしく見つめる。

彼の前には、オークで造られた優雅な猫脚の引き出しがあった。高さは彼の腰ほどで、下にいくほどに引き出しは深くなっている。

彼は一番上の小さな引き出しを開け、中からなにかを取り出す。目をよく凝らしてみると、それは白い封筒だった。

「僕から手紙が来たことを知らなかったと言ったよね？　じゃあ、これはどういうことなのかな？」

ルーシアの目の前に立ってきた彼が、手にした封筒を突きつけてくる。

「手に取ってみたらどうだい」

恐る恐る封筒に手を伸ばしたルーシアは、そこに記された差出人の名前と宛名を見て驚愕した。ルーシアがアイザックに宛てた手紙だったのだ。

「嘘よ……私はあなたに手紙なんて……」

信じ難い思いで封筒から便せんを取り出し、手紙に目を通していく。

綴られていたのは、子爵の息子であるアイザックを侮辱する言葉の数々と、迷惑だから二度と手紙を寄こさないでほしいという拒絶の言葉だった。

「酷い……いったい誰が……」

「誰が？　君が書いたんだろう？　その文字は間違いなく女性のものだし、最後にサインも入っているじゃないか」

白々しいことを言うなと笑った彼が、冷ややかな視線を向けてくる。

「違う、私は書いてない……」

何度も首を横に振った。

確かに綴られているのは女性の文字だ。それに、文末にルーシアと署名が入っているけれど、自分の文字でないのはあきらかだった。

父親はアイザックから手紙を隠しただけでなく、子爵家の息子が伯爵令嬢に愛を綴った手紙を出すなど許し難いとばかりに、返事を女性に代筆させたのだろう。

酷い言葉を書き連ねた返事を受け取ったアイザックはさぞかし傷ついたことだろう。こちらに恨みを抱くのも、もっともな話だ。

「これは私が書いたんじゃない……」

代筆による手紙であることを証明しなければ、いつまでもアイザックの誤解を解くことはできない。

手紙を握り締めベッドから腰を上げたルーシアはその場で部屋を見回し、インク壺とペン皿が置かれた机を見つけるなり駆け寄って行った。

インク壺の蓋を外してペンを握り、ペン先をインクに浸す。誰が書いたのかすらわからない贋の署名の真下に、自ら名前を書き入れていく。

疑われないように幾つも署名したルーシアは、すぐさま手紙を持ってアイザックのもとに戻って行った。

「これが私の字よ、よく見て」

差し出した手紙を取り上げ、眉根を寄せて署名を見比べた彼が、唖然とした顔で見返してくる。

「私は本当にあなたが送ってくれた手紙を読んでいないの。あなたにもう一度、会える日をずっと夢見て過ごしていたのだから、絶対にそんな酷い手紙を書いたりしないわ」

　涙を溢れさせながらも言い切ると、アイザックが持っている手紙を握り潰して床に投げ捨てた。

「ルーシア……」

　苦悶の表情を浮かべた彼に、骨が軋むほどきつく抱きしめられる。

「アイザック……ごめんなさい……父があなたにしたことを知らなくて……」

　抱かれた胸に頬を寄せてむせび泣く。

「謝ったりしないで、君のせいじゃないんだ……」

　ひとしきり抱き合ったあと、ふと彼の腕が緩み、ルーシアはわずかに身じろいで顔を起こした。

　彼が真っ直ぐにこちらを見下ろしてくる。その瞳には、後悔が色濃く宿っていた。

「ルーシア……僕はどうやって君に詫びたらいいんだろう……自分のしたことを忘れているような君を見ていると、憎しみばかりが湧き上がってきて……今も君への思いは変わらないのに、傷つけないではいられなかった……どうか許してほしい」

　きつく噛みしめた唇を震わせながら、そっと両手で頬を挟み取ってきた彼を、ルーシアは驚きの顔で見上げる。

聞き間違いではないのだろうか。本当にアイザックは、変わらず自分を愛してくれているのだろうか。

「私のことを嫌いになったのではないの?」

確かめたい衝動を抑えきれずに訊ねると、彼が柔らかに目を細めた。

「嫌いになれたら……君を忘れられたら、どれほど楽だろうかと、数え切れないほど思ってきた。今でも君を愛している……僕が愛しているのは君だけだ」

「アイザック……私もよ……手紙をくれないあなたに弄ばれたのだと思って、何度も忘れようとしたの。でも忘れることなんてできなかった……」

互いにやるせない思いで見つめ合う。

同じ思いを胸に抱いたまま、心を通わせることができなかったこの二年のあいだが悔やまれてならない。

もし父親の書斎でアイザックの手紙を見つけることがなかったら、真実を知ることなく過ごしていたのかと思うと恐ろしくてならなかった。

「ルーシア、君に酷い仕打ちをしたことを心から申し訳なく思っている。すべてを水に流してくれと言うのは虫がよすぎるとわかっているけれど……」

言葉を途切れさせた彼が、神妙な面持ちで見つめてくる。

「いいの、もう……あなたの本当の気持ちを知ることができたから」

辱められた日々を忘れられるかどうかは、自分でもわからない。それでも、愛するがゆえの憎しみは理解できないこともなく、彼を責めてはいけない気がしていた。

「ルーシア、君はなんて優しいんだ……僕はもう君なしでは生きて行けない……二度と君を傷つけたり苦しめたりしないと誓う、全身全霊をかけて生涯、君を愛すると誓う、どうか僕の妻になってほしい」

「アイザック……」

突然の求婚に、熱いものが一気に胸に込み上げてくる。

喜びはとても大きかったけれど、すぐに返事ができなかった。アイザックは子爵家の当主であり、なにもかも失ってしまった今の自分は、彼の妻として相応しくない身分になってしまっているからだ。

「返事をしてくれないの？」

急かしてきた彼をひとしきり見つめたルーシアは、覚悟を決めて答えを返す。

「貴族のあなたとは結婚できない……私を妻にしたら、あなたが笑い者になってしまうから」

「ルーシア……」

大きなため息をもらした彼が、呆れたように首を横に振る。

「僕は笑われることなんて恐れない、愛する君を妻にしたいんだ。ああ、でも僕と結婚したら、君のほうが辛い思いをするかもしれないが……」

「そんなことは平気よ、あなたの妻になれるなら、後ろ指を指されたってかまわない」

咄嗟に言い返すと、彼が破顔した。

急にどうしたのだろうかと思ったけれど、すぐに自分が無意識のうちに同意したのだと気づき、パッと顔を赤らめる。

「結婚してくれるんだね？」

「もちろんよ」

羞恥に頬を染めながらもうなずき返したルーシアに、彼が嬉しそうに笑いながらくちづけてきた。

「んっ……」

抗うことなく唇を受け止め、両の手をそっと彼の背に回す。

纏わされていた彼のマントが、肩からスルリと滑り落ちる。けれど、かまわず唇を重ね続けた。

彼とのくちづけには、辛くて悲しい思い出しかない。だからこそ、互いの思いが同じだ

と知って唇を重ね合うのが嬉しくてならなかった。

アイザックに愛されている。その喜びに胸を躍らせながら、柔らかだけれど、やけに熱く感じられる唇を貪った。

「ふ……」

どちらからともなく絡め合った舌をきつく吸われ、鳩尾のあたりが鈍く疼く。

もう悲しい思いをしなくてすむと思っただけで、全身の熱が高まっていった。

「ルーシア、君が欲しい」

唇を耳に移してきた彼の甘い囁きに、ふと自分がまだ純潔であることを思い出す。

愛人として過ごしているあいだ、数え切れないほど自分を辱めてきたのに、彼はなにかを躊躇うかのように、頑なに一線を越えようとしなかったのだ。

憎しみしか抱いていなければ、きっと迷うことなく貫いてきたはずだ。けれど、彼はそうしなかった。

破瓜は女性にとって一生に一度の経験だ。それを、悲しい思い出にさせたくないという気持ちが、いつも彼の心の中にあったに違いない。

自分が意に添わぬ形での破瓜に涙しなくてすんだのは、彼の愛があったからこそなのだと、今さらながらに気づかされる。

「アイザック……」

顔を遠ざけて見上げると、どうしたのかと言いたげに彼が首を傾げた。

「早くあなたとひとつになりたい」

思いをありのまま口にしたルーシアを、彼が驚きの顔で見返してくる。

「いいのかい？」

「あなたと結ばれる日を、ずっと夢見てきたのだもの」

晴れやかに微笑んだとたん、アイザックに両手で身体をすくい上げられ、そのままベッドへと運ばれた。

「ルーシア、君は可愛すぎる」

嬉しそうに言った彼に、そっとベッドに横たえられる。

仰向けになったルーシアの豊かに波打つ金色の髪、そして、柔らかなガウンと夜着の裾が、茜色の上掛けにふわりと広がった。

夜着の下になにもつけていないことを思い出し、恥ずかしさを覚えて寝返りを打ち、両の膝を抱え込む。

自ら誘うような真似をしておきながら、恥ずかしがっている自分がおかしく思えたけれど、羞恥から逃れることは容易くないようだった。

（あっ……）

彼に背を向けているルーシアは、耳に届いてきた衣擦れの音に、そっと振り返る。

ベッドの脇に立ち、こちら向きで服を脱いでいるアイザックと目が合い、慌てて顔を正面に戻す。

「待ちきれないようだね？」

彼に小さく笑われ、羞恥に全身が熱くなった。

身体を丸めてジッとしているのに、彼の様子が気になってしかたなく、つい耳を澄ませてしまう。

そういえば、彼の裸を見たことがない。もとより、成人した男性の裸を目の当たりにしたことがなく、興味が募ってくる。

生身の男性の裸とは、どういったものなのだろうか。まともに見ることができるだろうか。そんなことをあれこれ考えていると、不意にベッドの一部が深く沈んだ。

「ルーシア……」

そっと肩に手を置いてきた彼が、横向きに寝ているルーシアを仰向けにしてきた。

全裸のアイザックが目に入り、思わず息を呑む。

想像以上に逞しい身体をしていた。肩、腕、胸にはほどよく筋肉がついていて、腰回りは引き締まっている。

リーガーデン・ハウスに飾られていた全裸の彫像よりも、アイザックのほうが均整が取れていて、美しく感じられた。

（凄いわ……）

臍に向けてそそり立っている彼自身に、ルーシアの目が釘付けになる。

幾度となく戯れに使われてきたものだ。それを、これから自らの身体で受け入れると思うと恥ずかしくてたまらないのに、どうしても目が逸らせなかった。

「罪滅ぼしに君を存分に楽しませてあげようと思っていたのに、そんな顔で見つめられると余裕がなくなってしまうよ」

苦笑いを浮かべてルーシアの身体を跨いできたアイザックに、ガウンと夜着を一緒に脱がされる。

「きゃ……」

「とても綺麗だから、恥ずかしがらないで」

咄嗟に胸を覆い隠した両手を、優しく囁いてきた彼に脇へと下ろされた。

互いに一糸纏わぬ姿でいることに、かつてないほどの羞恥を覚える。

愛する人にすべてをさらけ出すことは、けっして恥ずかしいことではないと、頭ではわかっているのだけれど、なんだか居たたまれなかった。

「愛してるよ、ルーシア」

身体を重ねてきた彼が、肩口に顔を埋めてくる。

肌が直に触れ合っただけでなく、彼自身の熱や脈動を腿に感じてしまったから、ますます羞恥が募ってきた。

それでも、アイザックと結ばれたい一心で恥ずかしさを堪え、両の手を彼の背に回す。

「私もよ、あなたを愛してる」

思いをそのまま言葉にすると、身体を横にずらしてきた彼が、片手を内腿に差し入れてきた。

さわさわと柔肌を撫でられ、ゾクリとして身震いが起きる。その手がさらなる奥を目指してくるとわかっているから、よけいに震えた。

「ああ……ぁ」

いきなり指先が花芽に触れ、腰が跳ね上がる。

指の腹で先端を撫で回され、そこから広がっていく痺れに肌が細波立ち、早くも花唇の奥から蜜が溢れてきた。

こんなにも早く濡れてしまうのは、きっとアイザックを求める気持ちが強いからだ。彼と結ばれることを、身体が悦んでいるに違いなかった。

「ふ……んっ」

花芽から滑り落ちてきた指が、花唇を掻き分けてくる。

これから彼自身がそこに穿《うが》たれるのかと思うと、嬉しさだけでなく恐怖も覚えた。

指の一本すら入りそうにない場所で、逞しい彼自身を受け止められるのか不安なのだ。

けれど、彼はこちらの不安を他所に、花唇を掻き分けてきた指を、さらなる奥へと進めてくる。

「んっ……やっ、あぁぁ」

蜜に濡れたそこは驚くほど容易く指を呑み込んだばかりか、クチュクチュと淫らな音を立て始めた。

「痛いかな？」

耳元で気遣ってきた彼に、小さく首を横に振る。

すると、彼はもっと奥に指を進めてきた。動きはゆるゆるとしたものだったけれど、柔襞を無理やり押し広げられる感覚に、思わず顔をしかめてしまう。

「はぁ……」

窮屈さと異物感に、息を吐き出して堪える。

少しも気持ちよくない。これなら、花芽を弄ってもらったほうが、よほど心地いい。

身体を繋ぎ合うと、得も言われぬ快感を味わえると聞いたことがあったけれど、どうにも信じられないでいた。

「増やすよ」

どこか急いたような声が耳に届いてくると同時に、痛烈な痛みを柔襞に覚える。

新たな指が加えられたようだ。柔襞がより押し広げられ、窮屈さと異物感が強まった。

早く出してほしいけれど、繋がり合うための準備を整えているような気がして、必死に堪える。

「んっ……ん」

手首を回転させながら二本の指を柔襞に馴染ませていく。

花芽や花唇に触れられるのはとても気持ちがいいのに、どうして同じようにならないのだろうか。不快感ばかりで、不満が募ってくる。

「あまり気持ちよくなさそうだね」

近くに聞こえた声にふと目を開けると、彼が困り顔で見下ろしてきていた。

「ごめんなさい……」

「君は謝ったりしないで」

　優しく微笑んだ彼が頬に唇を押し当て、軽く肌を啄《ついば》みながら首筋へと移していく。

　そうして、二本の指を中で動かし始める。襞を押し広げるように指を回転させながら、ゆっくりと抽挿を繰り返してきた。

　きつかった襞が少しずつ彼の指によって解れていく、蜜に濡れたそこを擦られるのが次第に気持ちよくなり始める。

「ぁ……ああ……んっんっ……」

　肌がざわめきたち、下腹の奥がズクリと疼く。

「ぅ……ん」

　不意にツンと尖っている乳首を口に含まれ、ルーシアの細い肩が跳ね上がる。

　二本の長い指で最奥を突き上げられ、さらには中を掻き混ぜられ、敏感な乳首を音が立つほどに吸い上げられた。

「あっ……あぁ……」

　双方から同時に湧き上がってくる蕩けるような快感に、甘ったるい声をもらして身悶える。

「や……んっ」

　痺れている小さな乳首に歯を立てられ、そこで弾けた快感に背をしなやかに反らす。

乳首を甘噛みされ、最奥を長い指で突き上げられるほどに、快感が強まっていく。

それは息苦しさを覚えるほどで、ルーシアの意識が双方で弾け続ける快感に向かう。

「アイザック……アイザ……ック」

胸元で揺れる頭をそっと抱きしめて譫言《うわごと》のように名を呼ぶと、ぷっくりと膨らんだ乳首の先端を彼が舌先で悪戯に舐めてきた。

「あぁ……ぁ」

じんわりと広がっていった心地よい痺れに、ルーシアのあごが上がる。

アイザックが触れてくるすべての場所が、どうしようもないくらい熱く疼いていた。

「ルーシア……」

ふと胸から頭を起こした彼が、そっと二本の指を抜き出す。

「んっ……」

急なことに小さな声をもらすと、彼はルーシアの脚を大きく左右に割ってあいだに入ってきた。

そのまま膝立ちになった彼に両の足を担がれ、尻が浮き上がった。秘所が露わになり、おおいに慌てる。

「きゃっ……」

「もう待てそうにない……」

苦々しく笑ったかと思うと、硬く張り詰めた己の先端を花唇にあてがってきた。

「ひっ……」

咄嗟に腰を引いてしまう。

身体を繋げ合いたいと思っているのに、いざとなると怖くてしかたない。熱く脈打つ彼自身に貫かれることを、恐れてしまう。

「ようやく君とひとつになれる……」

彼がもらした感無量の声に、ふと身体から力が抜けた。

ひとつになれる悦びを、彼と分かち合いたいと素直に思ったのだ。

「できるだけゆっくり息を吐いて」

アイザックに促されるまま、ルーシアは息を吐き出していく。

秘所に感じていた圧迫感がにわかに強まり、つい歯を食いしばってしまう。

「大丈夫、力を抜いて」

あやすように言われ、意識的に呼吸を繰り返した。

それでも圧迫感は変わらない。もう無理かもしれないと思い始めたそのとき、いきなり彼が腰を突き上げてきた。

「いやぁ――――っ」

強烈な痛みに思わずあがった声は自分でも驚くほど大きく、ルーシアは慌てて両手で口を塞いだ。

だからといって、痛みが消えるわけもなく、駆け抜けていった激痛に大粒の涙がこぼれ落ちてきた。

灼熱の楔《くさび》を穿たれたかのごとく柔襞が痛み、担がれている足先ばかりか、口を覆っている指先すら震える。

「やっ、痛い……もっ、やめ……て……」

我慢しがたい痛みに、激しく頭を左右に振った。

女性にとって破瓜は思い出に残る瞬間だというけれど、これほどの痛みを味わうと知っていたら、急いだりしなかった。自ら求めてしまったことを、今になって悔やむ。

「辛いかい？」

両の足を肩から下ろした彼が、静かに身体を重ねてくる。

貫かれたまま動かれ、痛みが増したルーシアは、新たな涙を溢れさせた。

「少しも辛抱できないかな？　辛いならやめるよ」

やんわりと抱きしめてきた彼の言葉に、迷いが生じてしまう。

感じているのは堪えがたい痛みだ。けれど、この痛みがずっと続くとは思えない。そうでなければ、この行為を誰も繰り返したりしない。

夜ごと愛し合う男女が身体を重ねるのは、痛みの先に楽しめるなにかがあるからだ。

少し我慢をしてみよう。そう考え直したルーシアは、震える両手でアイザックの首を引き寄せる。

「続けて……あなたとちゃんと結ばれたいの」

思いを伝えるなり彼にしがみつく。

きっと我慢できる。そう自らに強く言い聞かせた。

「嬉しいよ、ルーシア。ようやく君とひとつになれて、僕は天にも昇る心地だ」

耳元で感じ入った声をもらした彼が、グッと腰を押しつけてくる。

彼に貫かれている柔襞は、いまも痛くてしかたない。それを知ってか知らずか、彼が唇を重ねてきた。

柔らかな唇を啄まれ、ときに甘噛みされ、さらには差し入れてきた舌で口内を弄られ、次第に痛みから意識が逸れてくる。

「んっ……」

搦め捕られた舌をきつく吸われ、下腹のあたりが甘く疼く。

「ふ……っん」

何度も舌を吸われ、ついには穿たれている痛みを忘れた。

乳房を鷲摑みにしてきた手で悪戯に揺さぶられ、掌で小さな塊を撫で回され、もどかしさに身を捩る。

とろけそうなくちづけ、胸から湧き上がってくる甘い痺れに、ルーシアは知らぬ間に溺れていく。

「くっ……」

深く貫いている彼が急に腰を使い出し、舞い戻ってきた痛みに唇から逃れて仰け反る。

ゆっくりと腰を引かれ、身体ごと持って行かれそうになる。苦しくてならないのに、勢いよく最奥を突き上げられ、息が詰まりそうになった。

「んっ……あ――――っ」

苦痛のあまり、彼の背に爪を立てる。

それでも彼は動きを止めてくれない。何度も腰を引いては突き上げてきた。

「ルーシア、君の中が熱い……」

アイザックの息が乱れている。

自分は痛いばかりだけれど、彼は気持ちよさを感じているようだ。一瞬、狡いと感じたけれど、これまでの彼が我慢してくれていたことを思い出し、もう少し頑張ってみようと考え直す。

「あっ、あぁ……んんんっ……ん」

灼熱の楔で繰り返し最奥を突き上げられ、いつしか甘酸っぱくてせつない疼きがそこに生じてきた。

と同時に、彼自身が内側でより力を漲らせるのを感じ、ルーシアの身体がこれまでにない熱に包まれてくる。

そこかしこがふつふつと沸き立ち、下腹の奥では熱が渦を巻いているかのようだった。

「ルーシア……」

先ほど以上に息を乱している彼が、にわかに腰の動きを速めてくる。

最奥を激しく突き上げられ、止むことのない抽挿に貫かれている柔襞までが、甘く痺れてきた。

「ぁ……いゃ……」

下腹の奥が熱くてたまらない。

渦巻いていた熱が、一塊になっているようにすら感じられる。

かつて味わったことがない感覚で、身体中を蝕んでいく熱にどうにかなってしまいそうだ。

それなのに、彼は抽挿を繰り返してくる。動きは次第に速まり、熱に浮かされた全身がうねり始めた。

「ルーシア、限界だ」

意味もわからないまま、腰を大きく突き上げられ、ルーシアは身体ごと快感の波にさらわれていく。

「あっ――――」

不意に訪れた絶頂に艶やかな極まりの声をあげ、しなやかに背を反らした。

「ぅ……」

快感に打ち震えているルーシアの肩口に顔を埋めてきたアイザックが、最後のひと突きとばかりに腰を押しつけてくる。

穿たれている灼熱の楔が、妖しくうねっている最奥で弾け、熱いものが迸っていく。

「アイザック……」

無意識に彼を両手で抱きしめたルーシアは、初めて己の身体でアイザックの精を受け止め悦びに浸る。

「はぁ……」

大きく息を吐き出した彼が頭を起こし、熱に潤んでいる紫色の瞳を見つめてきた。

気怠い解放感に包まれているルーシアは力なく見つめ返し、口元にかすかな笑みを浮かべる。

「君とずっとこうしていたい……」

甘えるような声をもらした彼が、優しく頬を撫でてきた。

触れてくる手がいつになく心地よく感じられる。愛されているとわかっただけで、こんなにも感じ方が異なるのかと、驚きを覚えるほどだった。

「私も……」

小さな声で答えると、彼が嬉しそうに目を細める。

それは、紛れもなく恋い焦がれてきたアイザックの笑顔だった。

「ルーシア、愛してる……」

愛しげに見つめてきた彼に唇を塞がれる。

「んっ……」

躊躇うことなく両の手を彼の首に絡め、ねっとりと甘いくちづけに応えていく。

深く唇を重ね合って交わすくちづけに、なにもかもが満たされていくようだった。

これからは、愛人としてではなく、恋人として彼からのくちづけを受け入れることができるのだ。

ようやく身も心も結ばれたのだと実感したルーシアは、愛してやまないアイザックの唇をいつまでも貪っていた。

第九章

アイザックにエスコートされ、王宮の大ホールで催されている舞踏会にやってきたルーシアは、晴れやかな笑みを浮かべている。

身に纏っている純白のドレスは、愛するアイザックから贈られたもので、この舞踏会のために仕立てられた。

外国から取り寄せた最高級の柔らかなレースを、ドレスのそこかしこに使っている。

デコルテは広く開いているけれど、胸の谷間がくっきりと見えるほど深くはなく、たっぷりとあしらわれた波打つレースによって、上品な仕上がりになっていた。

ギャザーが寄せられたレースのドレープは優雅に波打ち、豪奢なシャンデリアの煌めきによって美しい陰影を浮かび上がらせていた。

柔らかに結い上げた金の髪を飾る純白の花も、ドレスと揃いのレースで巧妙に作られている。

片手に持つ小さな扇も白い羽根を用いていて、全身が清楚な白一色に染まっていた。煌びやかな純白のドレスが、愛らしいルーシアによく似合っている。なにより、輝く金の髪、滑らかな白い肌、そして、魅惑的な紫色の瞳が、よりいっそう際立っていた。

「レディ・ルーシア、一曲お相手願えますか？」

王立楽団の楽師たちが奏でる曲がワルツに変わると同時に、寄り添って歩いていたアイザックから優雅に片手を差し出され、迷うことなくにこやかに手を取る。

黒のテールコートに身を包み、しなやかな栗色の髪を丁寧に整え、白い手袋を嵌めている彼が愛しげに見つめてきた。

魅惑的な茶色の瞳を見つめること数拍、彼が軽くうなずいたのを合図に最初のステップを踏み出す。

二年の時を経てようやく誤解が解け、貪るように愛し合ったあの日を境に、アイザックは変わった。いや、本来の優しくて愛情深い彼に戻ったのだ。

愛する喜びと愛される喜びを知ったルーシアは、あれから一度も悲しみや苦痛を味わっていない。彼と過ごす日々が楽しくてしかたなかった。

ギャロウェイ子爵邸で、彼と一緒にいられるだけで充分だったけれど、こうして堂々と公の場に出られるようになったことを、ルーシアはなによりも嬉しく思っている。

叔父に見捨てられたことで、すべてを失ったことに変わりはない。今も親を持たない平民の娘だ。

ただ、ルーシアとの結婚をアイザックが正式に社交界に発表してくれたことで、子爵夫人になることが決定し、堂々と公の場に姿を見せられるようになっていた。

いったんは地に落ちたルーシアが、再び社交界に戻ってきたことを、あからさまに揶揄したり侮辱したりする者もいる。

そうした声はとうぜん耳に届いてきて、胸が痛む思いをしたけれど、悲しみの涙を流すことはなかった。

社交界はいつでも噂に満ちている。それをいちいち気にして心を乱していたら身が持たない。

アイザックは愛する人を妻に迎えたいと言い切ってくれた。思いはルーシアも同じだ。愛する人の妻になりたい。願いはそれだけであり、二人の愛が確かなものであるなら、それでよかった。

「ルーシア、僕は初めてここで会った君に恋をした。あの日のことは、つい昨日のことのように鮮明に覚えているよ」

巧みにリードしてくれているアイザックが、笑みを絶やすことなく踊っているルーシアに熱い眼差しを向けてくる。

互いに恋に落ちた王宮での舞踏会、レモネードを飲みながら交わした言葉を、彼に焦がれ続けてきたルーシアが忘れるわけがない。

「私だって忘れていないわ。初めて見たあなたにときめいて、ダンスに誘われて胸を弾ませて……あなたを好きになって、ずっとあなたの妻になることを夢見てきたの」

辛い過去をすっかり封印したルーシアは、軽やかにステップを踏み、優雅にドレスの裾を翻してターンをしながら、かけがえのない存在となったアイザックを見つめる。

手を取り合って踊っていても、身を寄り添わせて歩いていても、不安や戸惑いを覚えることもない。彼といて感じるのは、かつて味わったことがない幸福感だけだった。

「ふぅ……」

ターンをすると同時に片腕に抱き寄せられ、踊り終えたルーシアは満足しきったため息をもらして彼を見上げる。

「疲れてしまった？」

真顔で訊ねられ、笑顔で首を横に振った。

「いいえ、あなたは？」

「君は翼を持った天使のように軽やかだから、疲れなんてまったく感じていないよ」

いっときも逸れることがない熱い眼差しに照れてしまい、肩をすぼめてはにかむ。

「もう一曲、踊るかい？」

彼の言葉に耳を澄ましてみると、流れているのはポルカだった。

踊ることは好きだけれど、軽快なポルカは苦手だ。まったく踊れないわけではなく、肌に合わないといった感じだろうか。

「この曲は苦手なの……。少し休んで、ワルツになったら、また踊りたいわ」

ルーシアがにこやかに答えると、了解の意を込めてうなずき返してきた彼が、さりげなく肘を浮かせてくる。

片手を彼の肘に添え、並んで踊りの輪から抜け出していく。ポルカを踊る人々のあいだを縫うように進む彼は、飲み物や軽食が用意されている隣室に向かっているようだ。

レモネードを飲みながら、初めて会った日のことを彼と語り合うのもいいだろう。

二年前は、男性と二人きりでの会話に慣れていなかったから、ドキドキしっぱなしだったことを覚えている。

けれど、今は違う。愛するアイザックが相手ならば、言葉は泉のごとく湧いてくるような気がしていた。

「キースだ」

ふと足を止めた彼が、片手で前方を指し示す。

結婚が決まったことを公にしてから、アイザックに何人もの友人を紹介されている。彼の友人たちはみな気さくで、心から祝福してくれた。別の場所で会っても気兼ねなく声をかけてくれる彼らに、ルーシアは親しみを感じている。

そうした友人たちの中でも、幾度も顔を合わせているキースは、遠慮なく言葉を交わせる相手だった。

「やあ、アイザック」

こちらに気づいて歩み寄ってきたキースが、ルーシアにきちんと向き直り、礼儀正しく頭を下げてくる。

「レディ・ルーシア、今日はまた一段と麗しい」

大袈裟な言い方に笑いながらも、手袋に包まれた手を彼に向けて優雅に差し出す。

手を取ったキースが軽く身を屈め、手袋に軽くくちづけてきた。

「結婚式の招待状がまだ届かないが、まだだいぶ先なのかい？」

挨拶を終えるなり訊ねてきたキースが、アイザックとルーシアを交互に見てくる。

「来月に決まったよ。せっせと招待状を書いているところだから、焦らず待っていてくれ」

「そうか、僕は呼んでもらえないんじゃないかと思って、心配してしまったよ」

「真っ先にルーシアとの結婚を伝えたのは君なのに、そんなわけがないだろう」

すぐさま言い返したアイザックは真剣そのものなのに、なぜかキースは悪戯っぽい笑みを浮かべている。

その表情はどこか思惑ありげで、ルーシアには彼が心配しているようにはとても思えなかった。

「アイザック、あなたキースさんにからかわれたのよ」

「えっ？」

解せない顔をしているアイザックを見て小さく笑ったルーシアは、にやにやしているキースに視線を移す。

「本当は心配などしていないのでしょう？」

「レディ・ルーシアは察しがよくていらっしゃる」

そう言って楽しげな笑い声を立てたキースを、アイザックがムッとした顔で見返した。

「真面目に答えたというのに、なんてやつだ……」

「君は生真面目だから、昔からからかい甲斐がある」

不機嫌なアイザックを意に介することなく言い放ったキースが、ルーシアに向き直ってくる。

「彼はひとりっ子のうえに母親を早くに亡くしてしまったから、父親だけを見て育ったんだ。その父親というのがまた驚くほど生真面目な人でね、彼は父親の生き写しみたい男なんだよ」

キースが大袈裟に言っている可能性はあったが、まったくの嘘をつくとも思えない。

アイザックの一途さは、父親から受け継がれたものなのだろう。彼の父親に会ってみたかったと、ふとそんなことを思う。

アイザックも自分も、すでに両親を失ってしまっている。家族と呼べるのは療養所にいる妹だけだ。

それが酷く寂しく感じられたルーシアは、できるだけ賑やかな家族になるよう、たくさん子供ができるよう心から願った。

「子供が生まれたら、少しは羽目を外すような子に育てたほうがいい。でないと、彼のような堅物になってしまうよ」

キースはこっそりとルーシアに言ってきたのだが、アイザックの不満そうな顔つきから聞こえてしまったようだとわかる。

「堅物というのは聞こえが悪い。しっかりしていると言ってくれないか」

「まあ、それでもいいが……ああ、ちょっと失敬するよ」

話の途中で軽く片手を挙げて中座を詫びたキースが、ルーシアに会釈してその場を離れていく。どうやら、知り合いを見つけたらしい。

「生真面目だとか堅物だとか言われても、あまり嬉しくないな」

「キースさんの冗談でしょう？　気にするなんてあなたらしくないわ」

憮然としているアイザックに笑顔でそう言いながらも、認めようとしない彼がなんだかおかしい。

確かにキースの表現には少し誇張があるかもしれないけれど、誠実な人柄であることは間違いなく、よいことに思える。

とはいえ、拗《す》ねた様子の彼を見るのは初めてで、意外にも可愛く感じられてしまい、あえてそのことには触れずにおこうと決めた。

「ワルツだわ」

響いてきたワルツの調べに声を弾ませ、アイザックを見上げる。

「休まなくていいのかい？」

「ええ」

にこやかにうなずき返して彼の腕を取り、踊りの輪へと導いていった。

「そういえば、ここで初めて会ったときは、話にばかり夢中になって踊ることができなかったね？」

「そうよ、だから今夜はたくさん踊りましょう」

アイザックと二人で、足取りも軽やかにホールの中央へと進んでいく。

「たくさん踊ったりしたら、明日、起きられなくなってしまうかもしれないよ？」

「起きられなかったら、ずっとベッドで過ごせばいいわ」

「恥ずかしがり屋のお嬢さまとは思えない発言だ」

手を組んできた彼が、驚きの顔で見つめてくる。

けれど、なにか思い当たることがあったのか、ふっと表情を和らげた。

「どうしたの？」

ワルツの調べに乗せて、彼とともにステップを踏み始めたルーシアは、小首を傾げて見返す。

「他の男性と二人きりで話をするのは苦手だけど、僕が相手だと恥ずかしくないって、初めて会ったときに君がそう言ったんだ」

「それは今も変わっていないわ」

「そうなのかい？」

正直に答えたルーシアを、アイザックが疑わしそうに見てくる。

「だって、あなたは特別だから……」

いったん言葉を切り、嬉しそうに瞳を輝かせた彼に顔を寄せた。

「大胆に振る舞えるのはあなたの前でだけよ」

彼にだけに聞こえるように言い、何食わぬ顔で姿勢を元に戻す。

愛しているから、心を開ける。愛されているとわかっているから、ベッドでは恥じらいを捨ててすべてを彼の目にさらけ出せるのだ。

「ルーシア、可愛い顔で僕を煽ってくる君は、なんて罪深い人なんだ」

嬉しそうに笑いながらも、ちょっと困った顔をした彼が、ルーシアを真似て顔を寄せてきた。

「この曲を踊り終えたら、屋敷に戻るよ」

囁いてきた彼に耳たぶを甘噛みされ、思わずステップを踏み違えそうになる。

「アイザック……」

「いいね？」

柔らかに微笑みながらも、いつになく熱い眼差しを向けてくる彼に、コクリと小さくうなずき返した。

煽ったつもりなどまったくなかったけれど、己が口にした言葉にいまさらながらに恥ずかしさを覚え、頬がほんのりと赤く染まっていく。

「ワルツを踊る君は誰よりも素敵だ」

甘い声音で称賛され、頬の赤みが増した。

優雅にステップを踏むルーシアは、勢いに乗ってターンをする。流れる景色が回って見え、風を孕《はら》んだドレスの裾が大きく舞い上がった。

彼と踊っていると、身も心も軽くなっていく。ターンをするたびに足先が浮き上がり、まるで大きな翼が背にあるみたいで心地いい。

二年ぶりに訪れた王宮の舞踏会で、愛してやまないアイザックとワルツを踊るルーシアは、羞恥に頬を染めながらも言いようのない幸せを感じていた。

あとがき

みなさまこんにちは、伊郷《いごう》ルウです。

このたびは『服従のくちづけ』を手に取ってくださり、ありがとうございました。

本作はソーニャ文庫さんにて初めて書かせていただいた作品となります。

レーベルコンセプトが〈執着〉ということで、過去に囚われるがゆえに素直になれないヒーローと、純真すぎるがゆえに心を乱されていくヒロインを描いてみました。

でも、基本に強い愛があるので、あまりドロドロしていません。酷いこともしていませんん（担当さんは〝ヒーローがやりたい放題ですね～〟と言ってましたが……）。

まあ、ひと言で表すなら、好きが高じて心がねじ曲がってしまったヒーロー、といったところでしょうか。

お互いに身も心も結ばれたいと願っているのに、すれ違ってばかりのヒーローとヒロインの哀切な物語（？）を、お楽しみいただければ幸いです。

最後になりましたが、素敵なイラストを描いてくださった、みずきたつ先生に心よりの御礼を申し上げます。

細部にまでこだわって仕上げてくださり、本当にありがとうございました。

そして、編集部のみなさまにも心よりの感謝を！

二〇一四年　十月

伊郷ルウ

Sonya
ソーニャ文庫

この本を読んでのご意見・ご感想をお待ちしております。

◆ あて先 ◆

〒101-0051
東京都千代田区神田神保町2-4-7 久月神田ビル7階
㈱イースト・プレス　ソーニャ文庫編集部
伊郷ルウ先生／みずきたつ先生

服従《ふくじゅう》のくちづけ

2014年10月8日　第1刷発行

著　者　伊郷《いごう》ルウ
イラスト　みずきたつ
装　丁　imagejack.inc
DTP　松井和彌
編　集　馴田佳央
営　業　雨宮吉雄、明田陽子
発行人　堅田浩二
発行所　株式会社イースト・プレス
〒101-0051
東京都千代田区神田神保町2-4-7 久月神田ビル8階
TEL 03-5213-4700　　FAX 03-5213-4701
印刷所　中央精版印刷株式会社

ISBN 978-4-7816-9540-2
定価はカバーに表示してあります。